GRIETAS DEL FUTURO

GRIETAS DEL FUTURO

ANTONIO ÁNGELES
CLAUDIA SOTO
IRENE LIBERTY
JORGE LUIS MELÉNDEZ
JUAN RAMÓN MARTÍNEZ
KARINA OROZCO
LUIS PINELA
MICHELLE MADRID
PRISCILA ENCALADA
SANTIAGO CASAS
YAZMIN ALEJANDRA CASTRO

Grietas del futuro

En boga © Juan Ramón Martínez, 2025
Molotov © Claudia Soto, 2025
La niña humana © Jorge Luis Meléndez, 2025
Por un mundo mejor © Luis Pinela, 2025
Tengo algo que contarte © Santiago Casas, 2025
Cuenta regresiva © Karina Orozco, 2025
Ahí viene El Chahuicle © Antonio Ángeles, 2025
Cazadores © Michelle Madrid, 2025
UIO-M10-16082089 © Priscila Encalada, 2025
Mundo gris neón © Yazmin Alejandra Castro, 2025
Impostores © Irene Liberty, 2025

© 2025, Huargo Editorial
Edición: Jorge López Landó y Óscar Armando Rascón
Diseño: Óscar Armando Rascón

Huargo Editorial
Río Conchos 1267
Los Nogales, 32350
Ciudad Juárez, Chihuahua
www.huargoeditorial.com

ISBN: 9798272489111

Todos los derechos reservados. Queda prohibida la reproducción total o parcial del material protegido por estos derechos de propiedad intelectual, o su uso en cualquier forma, o por cualquier medio, ya sea electrónico o mecánico, incluyendo fotocopiado, grabación, transmisión o cualquier sistema de almacenamiento y recuperación de información, sin la autorización expresa de los autores acreditados en esta obra.

Noviembre 2025

ÍNDICE

En boga Juan Ramón Martínez	5
Molotov Claudia Soto	21
La niña humana Jorge Luis Meléndez	41
Por un mundo mejor Luis Pinela	61
Tengo algo que contarte Santiago Casas	81
Cuenta regresiva Karina Orozco	93
Ahí viene El Chahuicle Antonio Ángeles	111

Cazadores	123
Michelle Madrid	
UIO-M10-16082089	139
Priscila Encalada	
Mundo gris neón	153
Yazmin Alejandra Castro	
Impostores	167
Irene Liberty	

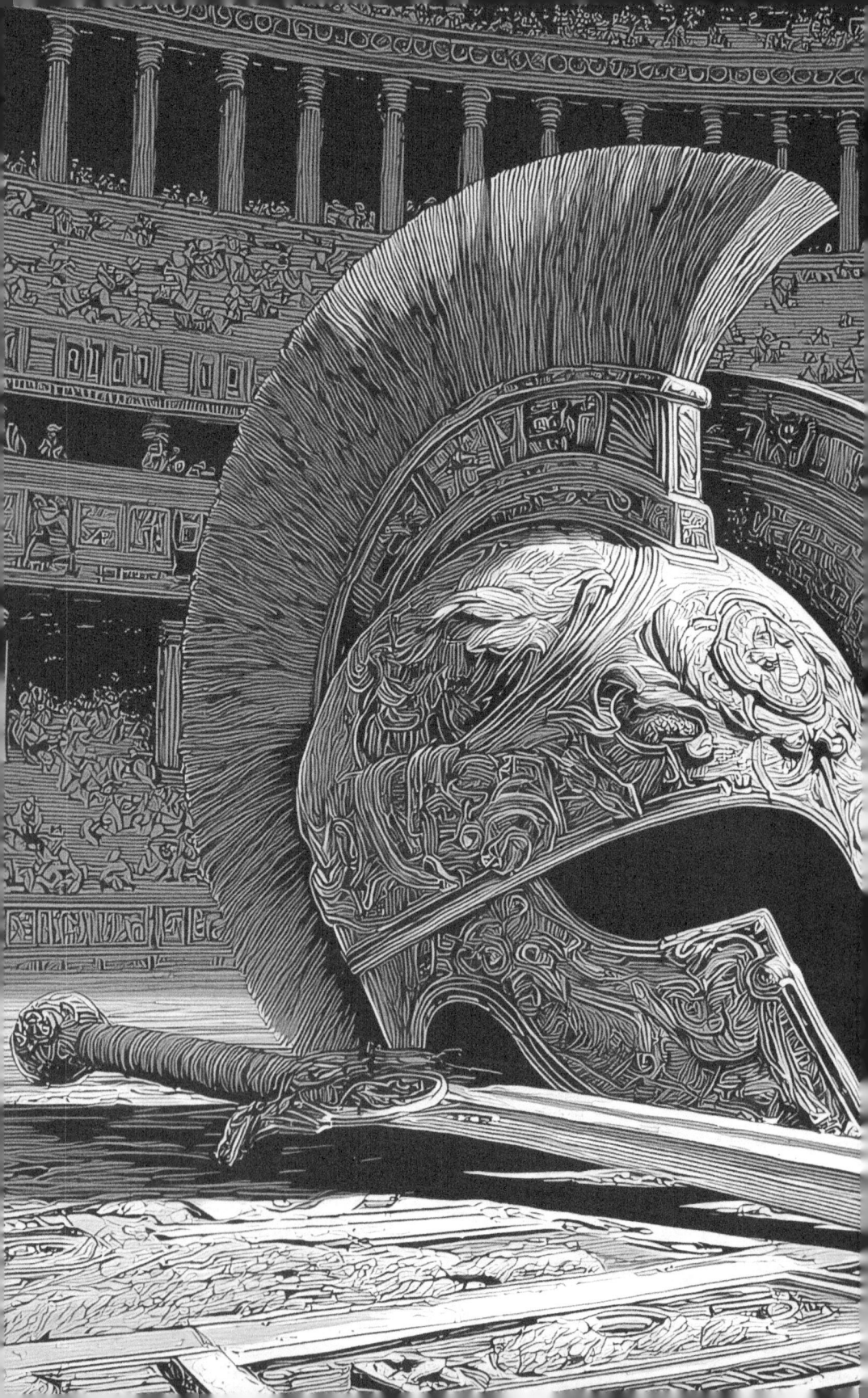

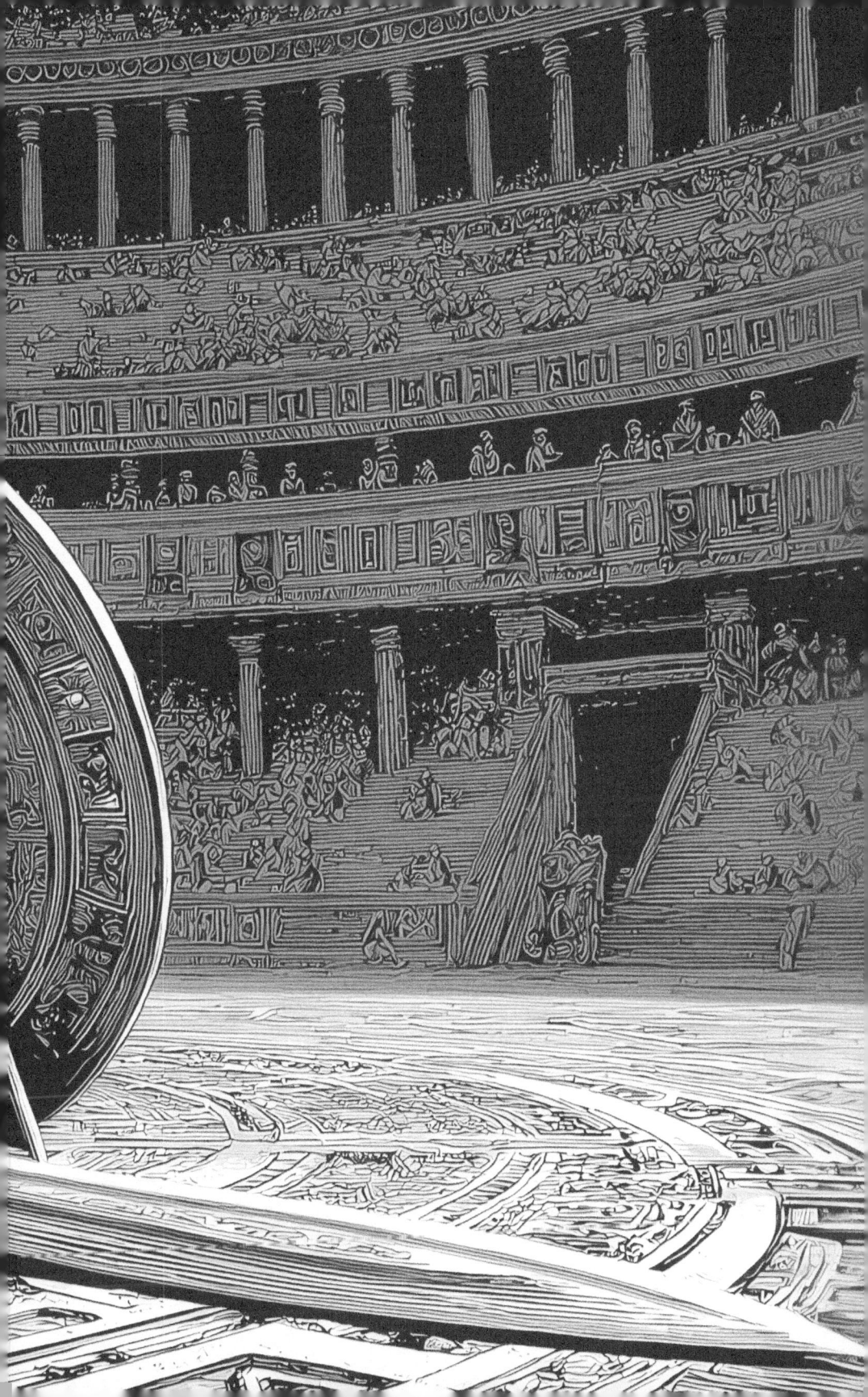

En boga

Juan Ramón Martínez

Alex no ha logrado conectar un solo golpe. El tailandés es al menos diez centímetros más alto y mucho más rápido que él. Lo mantiene a distancia con patadas veloces y certeras y, cuando logra cerrar la distancia, lo castiga con una tormenta de *jabs*, codos y rodillas. Alex tiene una costilla rota, el ojo izquierdo casi cerrado por lo inflamado del pómulo y una cortada en la ceja derecha que expone el hueso. No le duele, pero el efecto de su *stim* no durará mucho más. Alex da un paso rápido, se cuela en la guardia de su rival y lanza un gancho al hígado. El tailandés bloquea con el codo. Alex recibe dos impactos de puño en la oreja y un rodillazo que rompe su nariz. Retrocede. La sangre le nubla la vista. Tropieza. La campana del sexto *round* evita que el tailandés lo muela a golpes en el piso.

Desde su esquina, Alex mira a su oponente. «Ese cabrón se metió un *stim* de última», piensa. Él solo consiguió un supresor de dolor NC17; clásico y confiable, pero insuficiente contra su rival. El tailandés mira a Alex sin parpadear y sonriendo de lado. Las vendas de sus puños y empeines están teñidas de rojo. Se pasea el pulgar por el cuello. A Alex se le erizan los vellos de la nuca. «Me va a cargar la chingada si no lo tumbo en el siguiente».

Como si le adivinara el pensamiento, su *coach* le pone una mano en el hombro.

—No te apachurres, mi Alex —dice dándole una pequeña palmada—, ese güey nomás se está haciendo el muy chingón, pero *orita* se cansa, vas a ver.

—No sé, *Quince*. Ese chino está muy cabrón.

Alex y Quince son amigos desde que eran niños. Se conocieron doce años antes, cuando ingresaron a la cuadrilla infantil de pepenadores del distrito Obregón. Es un oficio peligroso. Cada cuadrilla pierde al menos a dos pepenadores cada año. Sin embargo, siempre hay reclutas disponibles. Hay pocos trabajos en los que los niños pueden emplearse. Los cuerpos pequeños caben bien por los túneles que las *rachas* gigantes cavan en los vertederos. Al ir más profundo, es más fácil encontrar depósitos de cobre y estaño. Y, por supuesto, están las ootecas. Entre los *acci* hay coleccionistas que pagan cientos de miles por una de buen tamaño.

El día que ingresaron a la cuadrilla, el capataz les asignó un túnel recién descubierto. Les aseguró que habían aplicado el gas Z y que la racha estaba muerta. Los niños se pusieron sus máscaras de gas y lámparas de minero, rentadas a cuenta de su primera comisión, y se internaron en el túnel. Encontraron el nido de la racha y, ahí, una ooteca del tamaño de un melón. Les pagarían al menos doscientos por ella.

Despegarla del túnel era una tarea complicada. Trabajaban encorvados y en cuclillas. A esa hora de la mañana el túnel ya estaba a treinta y seis grados y el sudor, mezclado con su propia suciedad, se colaba en sus ojos. Las máscaras dejaban pasar el hedor a amonio y podredumbre del nido. Aun así, no debían apresurarse. Una ooteca rota no vale nada.

La racha seguía viva. El insecto regresó a su nido por una angosta grieta, oculta en el techo del túnel. Quince percibió el movimiento. Antes de que pudiera advertir a su compañero, el insecto se dejó caer sobre Alex con las mandíbulas abiertas apuntadas directo a su cuello. Quince lo protegió con el brazo. La mordida cercenó piel, músculo y hueso a la altura de su muñeca. Las rachas son carroñeras glotonas. No persiguen una presa viva si tienen alimento fácil. Los pepenadores escaparon del túnel mientras el insecto devoraba la pequeña mano. Ese día, Quince se ganó su apodo y la lealtad absoluta de Alex.

En el octágono, Alex duda. La victoria parece imposible, pero hay demasiado en juego como para rendirse. Quince y él mismo se endeudaron para apostar por la victoria de Alex. Parecía un negocio seguro. El tailandés era un recién llegado a quien nadie conocía y Alex se sentía confiado con su récord: diez victorias, todas por nocaut y solo dos derrotas. Sabe que no es muy hábil para esquivar o bloquear, pero también que tiene una potencia devastadora. Un gancho bien colocado o una patada de giro a la sien suelen bastar para mandar a sus oponentes a la lona. Su estrategia es sencilla: un supresor para aguantar los golpes, ir con todo desde el principio y tratar de noquear en los primeros tres rounds. Había funcionado muy bien, hasta ahora.

Si gana, podrían comprar una acción de *Mouse Corp Entertainment*, tal vez una *RayBe Pharma* o, si la suerte le sonríe, hasta de *Huasoft*. En cualquier caso, una victoria sería el primer paso para entrar en el mundo de los *acci*.

Si el tailandés lo derrota, no tendrán forma de pagar los créditos y perderán las garantías. Alex comprometió medio hígado y el pulmón derecho. Quince, un riñón y una córnea. Además, quedarán con deudas de por vida para pagar el postoperatorio. Pocos *mise* logran convertirse en *acci*. Los incompletos y endeudados nunca lo consiguen.

—¿Crees que sí se cansa?

—Seguro, mi Alex, seguro —responde Quince mientras le aplica un cauterizador en la ceja—. Además, ya me fijé; cuando va a patear con la izquierda, baja tantito el brazo derecho. Tú checa bien y ahí le entras.

Alex asiente despacio. No quiere pensar demasiado en la respuesta de su amigo; necesita creerla. Quince también es peleador, de la categoría especial. Es bueno, pero suele ser demasiado optimista.

—¡Ánimo, pinche campeón! —continúa Quince—, 'orita te lo chingas y, en un mes. —Señala hacia la primera sección del público—. ¡Ahí vamos a estar!

Alex mira a donde Quince apunta con su muñón: a los palcos privados de los *acci*. Cualquiera de esos balcones es más grande que el dormidero que comparte con Quince y otros diez hombres.

Están personalizados al gusto de sus dueños; un par de ellos parecen salones victorianos, con todo y mayordomo de levita y guante. En otro, una mujer de pequeños labios escarlata y rostro teñido de blanco, espera las indicaciones de un hombre obeso vestido con un kimono de seda. La mayoría de los palcos asemejan antiguas *domus* de algún patricio romano: mosaicos con escenas de la mitología en el piso, parras que cuelgan del techo y columnas jónicas decorando el espacio. Casi todos los palcos están vacíos. La pelea de Alex es solo el aperitivo de la noche. El plato principal, los gladiadores, vendrá después.

En uno de los palcos ocupados, tres parejas de *acci*, todos vestidos con túnicas de lino blanco, miran el combate, recostados en sus triclinios. Un hombre y una mujer semidesnudos se encargan de mantener sus copas llenas de vino y los platos rebosantes de queso y frutos secos. Son sirvientes interpretando el papel de esclavos. Van con la mirada al piso. Se refieren a sus empleadores como *dómino* y *dómina*. Ella tiene la espalda marcada de latigazos y moretones. Los que aceptan la cláusula de azotes ganan mejor. Sandalias, mármol y sangre son la moda del año.

La campana anuncia el inicio del séptimo *round*. Alex se decide: no está dispuesto a seguir viviendo como *mise*. Se levanta y avanza hacia el tailandés. Recuerda las palabras de Quince. Mientras se acerca al enemigo, pone atención a su mano izquierda.

Siente una punzada en el costado y un quemor en la ceja. El dolor empieza casi imperceptible, pero se vuelve más intenso con cada segundo. El *stim* está perdiendo su efecto. Alex siente las piernas pesadas. Su visión periférica se nubla. El tailandés avanza. Sus pupilas están dilatadas. Las venas de su cuello pulsan. En el palco, una *matrona* azota tres veces a la chica que dejó caer una copa de dátiles. Alex ignora el dolor. El tailandés baja un poco su mano izquierda. Alex ve la oportunidad y ataca.

Es una finta. El puño del asiático choca en la destrozada nariz de Alex. Le cuesta respirar. Un agudo tinnitus ahoga los sonidos de la arena. Recibe cuatro impactos más en las costillas, no sabe si son de puños o pies. Se tambalea. El tailandés gira preparando una última patada. Concentra todo el momento de su cuerpo en su talón que, preciso y contundente, impacta en la barbilla de Alex.

Han pasado tres semanas desde la pelea. Apoyado en la barda de la azotea, Alex observa el vertedero del distrito Obregón. Las colinas de desperdicios llegan hasta el horizonte. Un viento del este aleja el hedor. Sólo así se puede tolerar estar afuera. Alex necesita estar solo; necesita pensar. Empieza a leer, una vez más, la carta que sostiene en las manos.

El rechinido de una puerta metálica lo saca de su ensimismamiento. Guarda la carta en su bolsillo trasero. Escucha unos pasos familiares.

—¿Qué pasó, mi Alex? —pregunta Quince a modo de saludo— ¿De quién te escondes o qué?

Alex niega con la cabeza. Quince se para junto a él. Observan el atardecer en silencio por un minuto. Alex es el primero en hablar.

—Hay que pagar el lunes.

—Sí, ya sé...

—Y no tenemos nada y... —a Alex le tiembla la voz— ¡Es mi culpa! Yo te convencí de apostar. ¡Yo te convencí de pedir el préstamo!

—Tranquilo —interrumpe Quince. Pone su mano sobre la de Alex—. Tranquilo, mi hermano, tranquilo. No pasa nada.

—¿Cómo que no pasa nada?

—Ya lo tengo solucionado todo, no te preocupes.

Alex observa a su amigo con el ceño fruncido. No esperaba que también tuviera un plan.

—Mira —continúa Quince—, no te preocupes por mí. Yo ya estoy resignado. No voy a vivir manco, sin riñón, tuerto y todo endrogado. Yo ya dije. No voy a pagar; ni el *postop* ni nada.

—¡No mames, Quince! Y entonces, ¿qué? En dos o tres días que lleguen los cobradores días vas a estar muerto.

—No, mi Alex, no. Ni creas que voy a dejar el cuerpo para que los *acci* me saquen las partes y se las pongan a sus enfermos. No. ¡Ni madres!

A Alex le hormiguea el estómago. Intuye lo que planea su amigo.

—Dicen —continúa Quince señalando al vertedero con su muñón—, que si te metes ahí de noche, las rachas te dejan en los huesos antes de que te alcances a persignar.

Alex siente náuseas. La imagen de cientos de insectos devorando vivo a su amigo es más de lo que puede tolerar. Se inclina sobre la barda. Vomita.

Quince palmea su espalda con delicadeza.

—Tranquilo, mi Álex. Tranqui. No pasa nada.

Alex se levanta y limpia su boca con el dorso de la mano. El ácido le quema la garganta.

—No, Quince, no. No hagas eso.

—¿Y qué otra me queda?

Alex titubea por un momento. Quince lo mira con atención. Sonríe, pero sus ojos están enrojecidos. Alex saca el papel que había guardado en su bolsillo. Es una hoja teñida que parece papiro. Lo extiende antes de entregárselo a su amigo. En la parte de arriba, se lee el membrete en letras rojas: *MouseCorp Entertainment: Ludus XXIV*.

—¿Qué es esto?

—Una oferta de trabajo.

Quince frunce el ceño.

—El día que regresé del hospital me contactaron los de *Mouse* —explica Alex—. Dicen que les gustó mi terquedad heroica o algo así. Me quieren para su arena.

—¿Gladiadores? ¿Peleas a muerte?

Alex asiente.

—¿Y qué te ofrecieron?

—Pues... dijeron que van a comprar mi deuda.

—¿Y luego?

—Quieren que me vaya a vivir a la ludus. Son seis meses de entrenamiento y después empiezan las peleas. Si aguanto veinte, me puedo retirar limpio y... hasta con una acción de la compañía.

—No mames, pinche campeón. ¿Qué les dijiste?

—Les dije que no.

—¿Por qué no? ¡Pinche Alex! O sea, si está cabrón, pero al menos estarías un buen rato en la ludus. ¡Esos güeyes viven como *acci*! Y si aguantas las veinte... ¡Imagínate, campeón!

—Les dije que me voy con ellos solo si a ti te ofrecen lo mismo.
—¡No! ¿Cómo se te ocurre? ¿Cuándo has visto un gladiador tullido?
—Aceptaron.

Por un momento, Quince no sabe qué responder. Abre y cierra la boca sin decir palabra. Se muerde los nudillos. El puño le tiembla.

—¡A huevo! —Exclama— ¡A huevo!

Alex no contesta

—¡Quítame esa cara de velorio! Aquí nadie se ha muerto todavía. ¡Vamos a ser los campeones, mi Alex! ¡Ni los *acci* ni las *rachas* se van a quedar estos huesos!

Alex se permite una breve sonrisa. Ningún gladiador ha durado más de seis peleas. Aun así, el optimismo de su amigo es contagioso.

La comida de bienvenida en la ludus es la mejor que Alex ha probado. Su alimento habitual consiste en barras de lenteja y soya. No se comparan con las viandas que les sirven: chuletas de cerdo braseadas, zanahorias y brócoli en mantequilla, pan recién horneado, y al centro de la mesa, un enorme platón de frutas multicolores. El aroma lo hace salivar.

Alex no conocía los duraznos. Pega la fruta a su nariz para embeber su fragancia. La suavidad de la piel en la lengua le sorprende. Disfruta la textura y el sabor de la pulpa; es suave, jugosa, dulce y solo un poco ácida. Chupa y mordisquea el hueso hasta dejarlo limpio. Por su parte, Quince descubre el placer de rellenar una *baguette* con carne antes de comerlo.

No son los únicos en el banquete. Otros cinco *mise* ingresaron a la ludus ese día. Alex y Quince comparten la mesa con otros tres hombres, dos mujeres tienen la suya propia. No conversan. Están demasiado ocupados. Cortan, mastican y tragan con avidez.

Alex siente sed. El agua de su copa le parece extraña. Es transparente y no tiene el familiar olor del ozono. Da un pequeño sorbo y lo pasea en su boca. Está fresca. Siente el líquido como una caricia en la garganta. Se termina la copa de dos grandes tragos.

En su cuarto, Alex tiene una cama con sábanas limpias. No sabe qué hacer con la almohada; nunca había visto una antes. Le cuesta creer que no sea necesario aplicar gas Z antes de dormir. Las infestaciones de chinches son desconocidas en la ludus. Alex se acuesta boca arriba con los dedos entrelazados bajo la cabeza. La habitación está iluminada por una luz cálida que se va haciendo más tenue conforme la noche se acerca. A las siete, le explicaron, la luz se apagará por completo, su puerta cerrará automáticamente y abrirá de nuevo hasta las seis del día siguiente. Da una larga inspiración, cierra los ojos y exhala. Disfruta su momento.

Escucha pasos cerca, pero no se alarma. Conoce esa cadencia. Abre los ojos y ve a su amigo de pie junto a su cama. Alex se incorpora

—¿Qué pasó, Quince?

—Esto está de poca, mi Alex.

—Sí, sí, de poca. Pero mejor hablamos mañana; ya casi apagan las luces.

—Es que... necesito saber algo....

A Quince le tiembla la voz. Se frota el muñón con el pulgar. Evita la mirada de su amigo. Alex se levanta de la cama y se para frente a él. Lo toma con gentileza de los hombros.

—¿Qué pasa?

Quince levanta la mirada. Carraspea

—¿Qué vamos a hacer si nos toca pelear... a ti contra mí?

Alex esperaba aplazar esa plática. Sabe cuál es la única respuesta posible. Quince también. Ninguno de los dos quiere decirlo y, sin embargo, necesitan hacerlo. Alex deja caer los brazos y da un paso hacia atrás.

—Si eso llega a pasar, y ya sabes que no quiero que pase... que gane el mejor.

Quince asiente

—Sí, mi Alex. Que gane el mejor.

Una campana de viento anuncia el cierre de puertas. Quince sale del cuarto. Una pesada reja de hierro baja despacio desde el techo y cierra la entrada del dormitorio. Alex suspira. Sabe que es mejor que su amigo y, por más que se esfuerza, no puede imaginar que eso cambie.

Alex espera en una habitación bajo la arena. Es un cuarto de tres por tres con paredes acolchadas. Solo trae puesto su calzoncillo y sandalias. Le entregarán el casco, la mánica, el gladio y el resto de su equipo hasta que lo llamen a la arena. Los ejecutivos no quieren arriesgarse a que algún gladiador decida morir antes del combate.

No sabe si peleará ese día, o contra quién, pero se siente confiado. En los seis meses de entrenamiento subió tres kilos de músculo y, desde que lo obligaron a dejar los *stims*, siente la mente más clara y duerme mejor. Las horas diarias de entrenamiento riguroso, el sueño de calidad y la comida, siempre abundante, lo han hecho más rápido y fuerte de lo que había imaginado posible.

Alex es uno de los tres *murmillos* de la ludus. Se siente a gusto con ese estilo. Le gusta usar el escudo para embestir a su oponente y luego romper su guardia con furiosos golpes de gladio. Es una técnica poco elegante, pero efectiva.

Quince pelea de forma muy distinta. Los entrenadores de la ludus lo designaron como *scissor*. Usa una espada en la mano derecha y, en la izquierda, un tubo de bronce cubre todo su antebrazo. Termina en una cuchilla doble, parecida a una tijera abierta. Armado con esa letal prótesis, su muñón se convierte en un instrumento de muerte. Quince no es tan fuerte como Alex, pero es más hábil y ligero; finta, esquiva y golpea con velocidad inigualable. El Rino y el Gato, les han apodado en la ludus. Alex sonríe al pensar en su amigo. «Con suerte y los dos aguantamos las veinte».

Se abre la puerta de la habitación. Dos hombres de uniforme negro, protegidos con guantes, braceras y chaleco de kevlar entran sin decir palabra. Uno va cargando el escudo de Alex, con todo su equipo encima. El otro lleva un bastón de electrochoque encendido. El primero deja el equipo en el piso y sale de la habitación. El segundo vigila a Alex mientras se prepara. Será el día de su primera pelea.

Al igual que en el octágono, la primera sección de la arena está ocupada por los palcos privados de los *acci*. La segunda, separada por una malla de acero coronada con una concertina de navajas afiladas, es para los *mise*. Cientos de ellos, todos de pie, esperan la llegada de los gladiadores

Alex entra en la arena. El reflector lo ilumina, cegándolo por un segundo. Una ola de gritos, aplausos y silbidos desciende desde las gradas. Sube los brazos. El clamor de la multitud se intensifica. En lo alto, una pantalla gigante muestra su rostro y su nombre. Alex se deleita con el calor del público.

El reflector lo abandona para señalar a su oponente, del otro lado de la arena. Su rival es un *scissor*. Lleva la espada en la mano derecha y el tubo rematado con navajas dobles en la izquierda. El corazón de Alex se acelera. A esa distancia y con el casco, no distingue su cara. El otro gladiador da dos pasos. Alex tiene que suprimir una arcada. Reconoce la forma de caminar de su oponente. La pantalla muestra el rostro sonriente de Quince.

Alex sabe que deben pelear, y pelear bien. La alternativa es ser degradados a *andabatae*, los gladiadores ciegos con quienes los *acci* pueden pelear por unos cuantos miles. Ninguno sobrevive.

Quince se acerca. Álex avanza también. Ambos aceleran el paso. Se encuentran en el centro de la arena. Quince esquiva una estocada. Alex bloquea el contraataque con su escudo.

El combate es una sucesión pausada de cuchilladas que no encuentran carne y golpes desperdiciados en metal. El clamor de la multitud se apaga.

Alex da dos pasos hacia atrás. Recuerda el combate de *andabata* que los hicieron ver hace dos semanas. El ejecutivo de *RayBe* se tomó su tiempo para destripar al *murmillo*,

«Que gane el mejor» piensa. Asiente de forma casi imperceptible. Quince lo nota y responde con su propia inclinación de cabeza.

Alex ataca con toda la potencia que tiene. La punta de su gladio se hunde en el muslo de Quince. La multitud ruge con entusiasmo. Empuja con el escudo, finta un ataque bajo y luego golpea por arriba. Quince se protege con la izquierda. El impacto le arranca la prótesis del muñón. Alex embiste otra vez con el escudo. Quince cae de espaldas. Trata de incorporarse, pero Álex lo patea en el pecho. Lo inmoviliza así en el piso. Arroja el gladio. Levanta el escudo con las dos manos, listo para aplastar el cráneo de Quince con el borde.

Deja el escudo arriba una fracción de segundo más de lo necesario. El público, enloquecido, no se da cuenta.

Quince sabe lo que su amigo está haciendo. Aprovecha el espacio para atacar la pierna de Alex. El acero corta tendones. Alex cae de frente. Quince lo esquiva y se incorpora. Su amigo queda a gatas en la arena. Quince lanza un grito salvaje. Es la furia que no tiene a donde más dirigir, la rabia que no alcanza al público, y la mentira que ahora debe creer: «¡Yo soy el mejor!».

Levanta su espada y la deja caer con toda su fuerza. Es un corte limpio. La cabeza de Álex rueda en el piso. Quince cae de rodillas junto a su amigo. Entre la ovación eufórica del público, la arena retumba. Mármol, sandalias y sangre son la moda del año.

Juan Ramón Martínez

(Ciudad de México, 1978) participó en la *II Antologia de Relatos Cortos de Ciencia Ficción* (Zona eReader 2024) con «El Chaneque» y «Tiempo Fuera». También forma parte de la antología *Amenazas* (Las Calles a Media Noche, 2024) con «Presa».

Instagram: @ jrmartinezb

Molotov

Claudia Soto

La única manera de lidiar con este mundo sin libertad
es volverte tan absolutamente libre
que tu mera existencia sea un acto de rebelión.
—Albert Camus

El bar parece un hervidero de hormigas desde la mesa del fondo. Gigi espera impaciente la hora indicada para la reunión. En cada movimiento, sujeta por instinto el bolso que cuelga de su hombro. Trata de atenuar el repiqueteo de la botella. Un arma anacrónica, pero eficiente. O eso espera, porque en la actualidad es difícil conseguir gasolina y envases de vidrio.

La gente baila con el tiempo programado. ¿Cuánto les queda?, se pregunta. La cuenta regresiva para romper su burbuja inició esta mañana. Quiere abrirles los ojos; que dejen de mirarse la muñeca para comprobar las redes y los mensajes. Quiere que sean libres de las opciones que ofrece el sistema. Esas personas eligieron estar ahí, entre la música estridente, sumergidos en la negrura que disfraza la realidad: no son dueños de sí mismos. Gigi espera que eso cambie esta noche.

Se enjuaga la boca con el tequila del vaso y escupe junto a la silla. Sonríe con la prótesis dental, fluorescente bajo las luces neón. Dejó de preocuparse por el tiempo, el *bioconector* no insiste en que vuelva a la rutina. No, ya no. La ley no aparecerá para arrastrarlo de vuelta al foso al que pertenece, en las afueras de la ciudad. Rasca la enorme cicatriz de su antebrazo y luego pulsa la pantalla en el centro de la mesa. Ordena otro trago mientras ve a las hormigas de la pista mantenerse dentro del orden impuesto por la fuerza. Nacieron en él, y viven en él. Han olvidado que hay otro mundo más allá de las pantallas y los circuitos instalados en sus nervios.

Gigi se ajusta los anteojos. Los filtros gruesos que le pesan sobre la nariz chueca. Atesora respirar por el canal torcido que es el resultado de las trifulcas y peleas en las que participó durante su juventud. Dolor añejo. Aunque el bar está oscuro, los láseres son tan brillantes que es la única manera de conservar la vista en lugares cerrados. Ocurre lo mismo en algunas calles del centro.

Extrae con discreción el viejo reloj de manecillas asegurado a la cadena del pantalón. Es el único recuerdo que sobrevivió a las constantes mudanzas después de la purga de ciudadanos clase tres.

Le hierve la sangre cada vez que piensa en la «mañana del cambio»; cuando los *cyberpuercos* ejecutaron la ley en vigor. Odia que, con las mejoras corporales, los oficiales legitimaran uso de la fuerza para someter a quien se resistiera. ¿Falta de práctica? Al carajo sus mentiras, Gigi se rasca una vez más la cicatriz del brazo sobre la piel reseca. Es más profunda sobre la articulación de la mano. Las arrugas han deformado todos los tatuajes de su cuerpo. Identidad. Ideología y juventud. Los años borraron la apariencia imponente, pero conserva lo más valioso: la convicción.

A los veinte, le importaba poco el tiempo que tomaran los traslados hasta las manifestaciones. Sumarse a la causa era primordial. Acciones directas. Eso prefiere y eso hará: actuar. Cree que alterar los registros para borrar la clasificación «tres» entre los ciudadanos será insuficiente. Golpea la mesa con las uñas quebradizas y amarillentas. Quiere más que eso. Romper el servidor por completo.

«Lo hago por Margot —afirma mientras apura el tequila que le quema la garganta y brinda—. Por Margot».

Lo más importante que él mismo, es la promesa que le hizo a su esposa: sobrevivir por ambos el tiempo suficiente para ver que el mundo cambie.

«¿Sobrevivir?», no. Él desea formar parte del plan. Pudo apoyar en la barricada al oeste de la ciudad; conseguir herramientas para piratería cibernética, con sus limitados conocimientos, podía armar equipo funcional; incluirse en el grupo señuelo que montará los fuegos artificiales al norte. Pudo, pero, en cambio, está en la mesa del bar para ayudar a Zoka.

«Hay muchas maneras de resolver un problema», mete la mano al bolso y acaricia la botella. Cuenta los cuatro cilindros metálicos al tacto, están en el fondo, en el estuche que eligió.

Si hay algo nítido en sus recuerdos, es la mañana del cambio. Veía el televisor porque ya no tenía trabajo. Renunció luego de exigir un aumento y golpear al gerente que se burló de él. Margot soldaba las barras de aluminio en el taller, al fondo de la casa; armaba una silla que alguien pagó por adelantado. Los policías derribaron la puerta. Entraron pistola en mano, ojos enrojecidos por los químicos que daban compatibilidad a los implantes mecánicos de sus cuerpos. ¿El pretexto para someterlos? Una vieja acusación de disturbios en los años noventa, antiguos cargos por allanamiento y recolección ilegal de fierro viejo. La realidad era que el gobierno utilizó cualquier incidente delictivo para implantar el *bioconector* por la fuerza. Setenta por ciento de la población el primer año. Él y Margot estarían en ese primer grupo. Con la búsqueda y captura de delincuentes.

A falta de espacio en las prisiones, los lanzaron a la calle luego del implante. Jamás volverían a la normalidad. El *bioconector* les impedía acceder a las tiendas comerciales, conseguir un trabajo sería imposible, llevaban la etiqueta de «infractores» en ese pequeño dispositivo de la muñeca, bajo la piel. Su estilo de vida quedó obsoleto. Vendieron la casa. Nadie compraba los utensilios artesanales de Margot. Pasaron los últimos quince años sobreviviendo en la comuna, en el foso lejos de la civilización. Gigi aceptó algunos apoyos del gobierno por el bien de Margot, pero el asco que se provocaba a sí mismo lo alejaba de los espejos.

Ahora que su esposa ha muerto, Gigi no tolera la tibieza del neoanarquismo, el neonihilismo y el pseudosocialismo en las banderas de sus vecinos.

«¿Conocen el significado de esas palabras?», escupe de nuevo. Y mira con desprecio los colores en el cabello y la ropa de la gente en el bar. Está dispuesto a demostrar lo que significa el corazón del punk: la independencia, la autogestión, la lucha sin descanso. Esta noche tiene un objetivo. Se lo repite. El tercer trago de tequila le baja por el esófago. Atravesará la ciudad hasta la Torre Imperio, lo que haga Zoka con el corazón de la empresa le interesa poco. Él quiere destruirlo todo. Darle tiempo al movimiento para ganar terreno, conseguir simpatizantes. Cumplir con su parte. Quiere ver el vidrio de la botella arder una vez más antes de que sus días terminen.

Hurga en el bolsillo interior de la chamarra, extrae el encendedor y la pequeña flama rompe la oscuridad que se le pegaba a la cara.

—Oye, abuelo. Haz eso en otra parte —dice una joven detrás de él.

A veces olvida lo delicados que se volvieron los pulmones de la gente en los últimos veinte años. Suspira. La llama se extingue mientras se pone de pie. Observa a su alrededor. Con cuidado, extrae una mano helada, seca por la disección, del bolso de cuero desgastado. Pasa el *bioconector* por el panel de identificación. Ve las uñas pintadas en la mano antes de meterla de vuelta en el bolso.

¡Gracias por tu visita, Mercedes! Vuelve pronto. La pantalla se oscurece luego de que el sistema realiza el cobro.

El pasillo hasta la salida de emergencia es largo. Recorre los muchos metros con la respiración contenida. Escruta el bar. Nadie lo sigue. Empujar la barra de la puerta y exhala.

Afuera, la lluvia es tenue y los charcos ondulan con cada gota. La negrura danza en el cielo. Gigi ajusta el cierre de la chamarra hasta el cuello y busca los guantes en la bolsa del pantalón.

—Leyes de mierda —murmura antes de encender el cigarro.

A lo lejos, las nubes centellean. Días grises, noches parpadeantes. Bajo sus pies, las vibraciones de los trenes lo estremecen. Exhala el humo blanco y seco de las hojas de tabaco cultivadas en el invernadero. Se acostumbró al regusto amargo por el riego con aguas residuales. La comida sabe igual: «mierda». Un dron ilumina el callejón. Gigi aprovecha la puerta de emergencia durante el escaneo para ocultarse.

Está a punto de volver a dentro cuando una joven se interpone en su camino. Los dos se observan a través de los anteojos. Gigi sube los suyos hasta la frente. La joven presiona un botón lateral del visor y la placa negra que cubre sus ojos se vuelve amarilla. El alivio recorre el cuerpo de Gigi al comprobar las retinas humanas. En la manga del abrigo de la mujer, reconoce el logotipo de la Torre Imperio.

—¿Zoka? —Gigi aguarda varios segundos para detallarla su estatura y la complexión: baja y delgada.

«¿Neopunk?», piensa al ver el cabello decolorado en un azul metálico, las costuras de los jeans resplandecientes en neón rosa, la mochila con luces intermitentes que resguarda alguna computadora portátil. Es difícil saber quién pertenece al movimiento con todas las personas que se tiñen el cabello y marcan su piel con tatuajes para estar a la moda.

La joven se quita el guante y muestra de inmediato el *bioconector*. Lo ofrece para un que su interlocutor haga un reconocimiento rápido y la identifique, pero Gigi le aparta la mano.

—Deja esa mierda para los puristas de la revolución. ¿Estás lista? Hay que hacer el trabajo y regresar a casa —dice mientras camina hacia la oscuridad, si es Zoka lo seguirá.

—¿Gigi?

—¿Qué? ¿Vas a acobardarte ahora?

—No. Es que...

—¿Qué? ¿Eh? —Gigi la encara con la barbilla en alto. A pesar de su edad avanzada, todavía camina con la espalda recta; sobresale una cabeza por encima de ella.

—Creí que Gigi era mujer.

—Creíste mal. Te muestro lo que quieras cuando lleguemos al subterráneo. Hay voladores haciendo ronda.

La joven asiente y lo sigue. El pasillo es angosto, el recodo conduce a la avenida lateral. Gigi rebusca en el hueco entre la bota y la pierna y extrae una navaja.

—No necesitas eso.

—Tengo que quitarte el *bioconector*. —Gigi sonríe cuando ve el pánico que llena los ojos de Zoka.

—No, espera. Lo necesito para el acceso al edificio. ¿No es mejor que forzar la puerta?

—Si tú lo dices. —Gigi le sujeta el brazo y levanta la manga del abrigo—. Esa mierda tiene un rastreador. Saben dónde estás todo el tiempo. ¿Ves cómo vibra la luz bajo tu piel?

—Lo desactivaré al abrir la puerta, ¿de acuerdo?

El hombre viejo la observa con desconfianza, porque luce muy joven.

—¿Y cómo lo harás? —Se rasca la cicatriz, ahí donde alguna vez estuvo el implante—. Será una mierda tener qué cortarte la mano porque te resistes...

—Confía en mí. Tu gente sabe que soy de confianza.

«Tu gente. Mierda progresista, ¿te crees mejor que yo?».

—¿Estás convencida de lo que haremos? —gruñe Gigi.

—Es necesario...

Gigi piensa en cuánto han cambiado las cosas en los últimos meses. Desde que Margot murió, corre una carrera contra el tiempo, y él se vuelve lento.

Con la gabardina abierta, Zoka luce los tatuajes neón que sobresalen a la altura de la clavícula y en cómo se quita los guantes al bajar al subterráneo. Gigi repara en los dedos largos y delgados de Zoka. El tono plateado es evidencia de que ha reemplazado sus manos por completo, quizás hasta el codo.

«¿Por eso no me dejó ver sus brazos?»

Gigi, que mantiene todo su cuerpo orgánico, se pregunta qué se sentirá trasladar su cerebro a una máquina como lo han hecho algunas personas de su generación.

«Yo no podría hacerlo. ¿Para qué prolongar la vida si lo más importante ya se fue?»

La estación luce vacía. El frío recorre el túnel y sopla con fuerza.

Gigi se mueve con cautela para pasar la mano disecada por el escáner. La guarda justo cuando Zoka mira sobre su hombro para asegurarse de que el viejo la sigue.

—¿Por qué te hiciste un remplazo corporal? —pregunta Gigi mientras esperan el metro al final del andén. Se sacude la lluvia de los hombros. Escucha el traqueteo de la botella. Y se imagina la vida de Mercedes ahora que tendrá un implante en lugar de la mano que ofreció para la causa.

—Mis padres pagaron la cirugía como regalo de cumpleaños a los quince. Quería ser más rápida al programar y pedí una mejora corporal. ¿Tú tienes alguna? ¿Rodillas, ojos? Muchos remplazos de la primera generación no eran rastreables, debiste aprovechar.

—Las niñas de mi época pedían tetas grandes o estética de nariz. Algunas se inyectaban los labios, pero cortar una parte de tu cuerpo parece una locura. —La sonrisa acompaña un golpe a su bolso, donde la botella golpea la mano mutilada.

—Es parte de nuestra identidad. ¿A ti no te molestaban tus padres por ponerte tantos aretes en la cara?

—Púdrete. —Gigi saca otro cigarrillo.

—Púdrete tú. —Zoka levanta la manga del abrigo y mira los bordes debajo de la piel. En esa posición, refleja la luz y casi parece carne de verdad. La cubierta de la extremidad es casi perfecta. Con una orden de su cerebro, mueve los dedos—. Es buena hora, ¿no?

Gigi tira de la cadena del pantalón y revisa el reloj. Asiente. El tren arriba. El último vagón se mantiene vacío durante el trayecto. Silencio.

—¡Qué mierda de color usas en el pelo! —dice Gigi al tiempo que le ofrece un cigarro.

—No, gracias —Zoka se acomoda la coleta y exprime el exceso de agua—. Diría lo mismo de ti. ¿Qué mierda de *fauxhawk* traes?

—Pendeja —Gigi intenta contener la risa—. Los efectos de la lluvia en el fijador...

Seis estaciones. Repasan el plan. Ajustan detalles. Él se queda afuera y ella va por el servidor.

—¿Y las cámaras?

—Tenemos un contacto dentro. Tú rompe el servidor. ¿Y si hay guardias tú...? —Gigi espera la confirmación de que tiene claro lo que debe hacer.

—Los evito. La mayoría se desactivarán cuando truene el sistema.

—Facilísimo, entonces. —Se encoge de hombros.

—Hay un par de guardias humanos, pero no están en el piso al que voy.

—Bien.

La estación central está desierta. Zoka revisa su teléfono, hay un mensaje de voz.

Contingencia ambiental, código cinco.

—El toque de queda empieza en una hora, niña. Date prisa.

—No vamos a poder regresar en transporte público.

—Lo solucionaremos.

Subir los cincuenta peldaños nunca le había parecido tan cansado. Desde la explanada del zócalo, se distinguen las ruinas del antiguo Templo Mayor. Un par de reflectores cambian de color cada tantos segundos, iluminan la estructura. La punta de la pirámide brilla con el escudo azteca que flota en el holograma. El Palacio de Gobierno abandonado, se anuncia como museo.

Son siete avenidas hasta la Torre.

—¿Y si nos están escuchando? Deberías desactivar esa mierda y rompemos el acceso.

—No te pongas nervioso, sé lo que hago.

El vapor de los desagües forman una niebla hedionda que opaca las luces, ya de por sí tenues. La alarma por contingencia ambiental resuenan en cada esquina.

Zoka se ajusta una mascarilla que extrae de la mochila. El olfato de Gigi es más duro ahora que ha cumplido los setenta. El hedor de la ciudad es apenas perceptible para él.

La reja de entrada apunta un par de cámaras hacia la calle. Gigi coloca el pulgar y el índice en su boca. Profiere un silbido que atraviesa la noche. Aguarda. Las luces de las cámaras se apagan. Zoka pasa el brazo por el escáner en el censor de la puerta y los barrotes se mueven. El pavimento brilla húmedo. Gigi la sigue hasta el borde del camino. Bajan al subterráneo. Un silbido hace eco. Las jardineras son gruesos cilindros purificadores de aire. El edificio emite una vibración constante, como el de un enjambre, proveniente de las lámparas de techo.

Una patrulla pasa despacio al exterior de la reja.

«Puercos», piensa Gigi con esa palabra que en sus tiempos tenía más peso.

La caseta de vigilancia está al fondo, resguarda el elevador corporativo. La silueta del guardia se mueve y Zoka detiene la marcha. Gigi le toca el hombro.

—Es de los nuestros.

Gigi camina detrás de Zoka mientras busca la navaja en el bolsillo.

—Doctora Zoraya Karín, bienvenida —dice el guardia mientras observa la pantalla de registros. Abre la puerta y sale de la caseta.

Zoka se quita la máscara.

—Borra mi registro de acceso, por favor.
—Benito —dice Gigi—, la doctora va a trabajar. Haz lo que dice y vete.
—Hecho.
Zoka baja la cabeza y rebusca en una bolsa lateral de su mochila la lámpara para desactivar el *bioconector*.
El guardia recoge una mochila y una máscara del suelo.
Gigi se acerca a Zoka y le arrebata la lámpara de luz azul y la examina.
—Debiste decirme que traías un quemador de sistemas... —Gigi se lo muestra a Benito, pasa la luz tres veces sobre la muñeca del guardia que se queja cuando la piel se tiñe de rojo—. Listo, vete al foso y espera instrucciones.
A lo lejos, tres estruendos al hilo retumban en el pecho de Gigi. No los ve, pero sabe que no es el sonido de un arma.
—¿Disparos? —El guardia devuelve la lámpara a Zoka.
—Fuegos artificiales, es la señal para que entres —dice Gigi.
—Nos vemos, Gigi.
Zoka desaparece tras la puerta de «personal autorizado».
Las lámparas blancas se apagan y las luces ambarinas se encienden en todo el subterráneo.
«Mantente alerta», piensa Gigi mientras camina hacia la salida. Las rodillas le duelen por el esfuerzo de subir la rampa para coches. Llega a los jardines frontales y se sienta a descansar. Un relámpago. Luego el trueno prolongado. La lluvia que arrecia y le golpea la cara. Sacude el agua del cabello. Del bolso, extrae los cuatro cilindros metálicos que quedaron bajo la botella. Son pequeños y brillantes.
Camina dentro del perímetro del edificio. Lanza el primer cilindro a la jardinera sur. Más adelante, coloca la segunda. «Una más», se dice. El dolor de la espalda es insoportable. Necesita recostarse. Con la ropa pesada por el agua, se le entume el cuerpo. Tres helicópteros pasan de largo. Drones veloces. El zumbido constante, parecido al de las moscas, se aproxima. Gigi avanza tan de prisa como sus piernas se lo permiten. Tiene pocas opciones. Camina por el pasillo que rodea todo el edificio. Pilares gruesos que lo ocultan. Espera que los drones pasen de largo. Sobrevuelan la cerca e inician una ronda de reconocimiento.
Busca la mano en el bolso y la lanza hacia la jardinera más cercana.

Un dron se desvía para verificar el movimiento.

«Putos drones», piensa y acelera el paso. Pensó que tendrían más tiempo. Coloca la tercera bomba cerca de la puerta de emergencia y la cuarta sobre la última cara del edificio. Miles de luces brillan en la calle. Un ejército de drones se dirige hacia el grupo norte. Hay humo a lo lejos. Una extraña energía llena el cuerpo de Gigi. Es una sensación añeja que se asienta en su estómago: adrenalina y miedo. Está preparado para la batalla.

Las puertas principales reflejan la noche. Gigi se oculta tras el pilar grande al frente del edificio. Zoka dijo que saldría por ahí y debe esperarla. Aguarda.

«Ayuda o no estorbes, viejo», se dice cuando uno de los drones pasa detrás de él. La lluvia arrecia. Apenas escucha la vibración de los drones. Toma la beretta que esconde entre el cinto y el pantalón. Apunta hacia el dron que aparece delante de él. Atento. Sostiene el arma con los brazos bien extendidos, acuclillado sobre una rodilla. El dron inicia el reconocimiento con un escaneo corporal. ¿Qué pasará cuando vea que no tiene *bioconector*?

«Si la cagas, Zoka se muere», ya no tiene tiempo de buscar la mano de Mercedes y ponerla frente a la máquina.

El agua forma un charco a sus pies. Dispara. El retroceso lo sacude. Ya no es el jovencito que se casó con Margot, pero derriba el primer dron. El zumbar de los otros dos se aproxima. Alerta. Latidos rápidos. Labios helados.

—Vamos, niña. Es tu turno. ¿Por qué tardas tanto? —murmura con la vista puesta en la esquina más cercana del edificio. Se acomoda tras el pilar cuando el segundo dron da la vuelta. Ve la mira de su único ojo-cámara ajustarse a las sombras.

«Mierda», Gigi extrae la máscara de su bolso y la coloca con torpeza sobre su nariz y su boca. El dron avanza despacio. El sonido de aire escapando por una rendija es justo lo que Gigi esperaba: gas. La neblina que se dispersa. A Gigi le pican los párpados, pero todavía puede ver las luces verdes y rojas del dron. Apunta. Dispara. La espalda golpea contra el pilar y un calambre le recorre desde el omóplato hasta la muñeca. Gruñe. Sobre el pasto artificial, el segundo dron humea. Contiene la respiración y se ajusta la máscara de prisa.

«Carajo».

El tercer dron se aproxima. La radio de la policía sale de algún coche-patrulla que transita muy cerca, por la avenida.

«Va a detenerse... piensa rápido».

La patrulla se detiene justo frente a las puertas cerradas. Dos policías descienden del vehículo. El zumbido del dron pasa sobre su cabeza.

«Puta madre. No lo vi». Levanta la pistola hacia arriba. El dron retrocede y lo apunta con un láser rojo.

Suelte el arma y coloque ambas manos contra el suelo. Un oficial viene en camino. El dron está listo para disparar el téiser que puede dejarlo inconsciente.

Gigi baja el arma despacio y coloca la mano contra el suelo, pero mantiene el agarre. Busca con la otra mano el reloj. Rompe el anillo que sujeta la cadena al pantalón.

Última advertencia. Cinco, cuatro, tres...

Gigi lanza la cadena contra las aspas del dron. El conteo se detiene y la oscuridad se lleva la visibilidad de la noche. El téiser dispara hacia el techo cuando el tercer dron se desploma.

—¡Qué mierda pasa allí dentro! —Uno de los oficiales grita que entren.

En la calle, el único sonido es el rumor de la lluvia. La única luz, la de los relámpagos entre las nubes. Gigi permanece quieto, inmóvil mientras la tenue lámpara de mano ilumina afuera de la reja, apunta hacia el pilar. Se pregunta si el oficial puede verlo en el vidrio de la puerta. Gigi desamarra el reloj de las aspas del dron.

—¿Ves algo? —gruñe el segundo policía.

Gigi encoge las piernas. Bajo la chamarra mojada, el sudor le empapa la playera.

—Vámonos. No hay contacto con la central. La radio está muerta. Hay reportes de disturbios en la salida oeste.

Gigi sonríe. Esa es una buena noticia. La ciudad se ha quedado sin sistema para el suministro de energía. Cada grupo hace su parte y eso lo tranquiliza.

La tranquilidad dura poco. A través del vidrio de la puerta, distingue el resplandor neón en el traje de Zoka. Quiere decirle que se detenga, avisarle de los policías en la patrulla, pero si grita, también quedaría al descubierto. Suelta el arma y saca de su chamarra el encendedor.

«Una distracción...», piensa mientras busca de prisa la botella de refresco en el bolso. Encuentra primero la mano de Mercedes y se deshace de ella. Mientras extrae la botella, le va quitando la tapa, siente el peso del vidrio y busca con un dedo la punta de tela.

«Perra estúpida», gruñe cuando ve una figura enorme que sigue a Zoka por el pasillo.

Antes de forzar sus rodillas para levantarse. Espera hasta el último segundo con el cuerpo tenso y la prótesis de dientes apretada. Gigi cierra los ojos al escuchar el estruendo que proviene del interior. Una bala atraviesa el cristal y cientos de trozos se esparcen a sus pies. Un segundo disparo lo estremece. Zoka cae al suelo delante de él. Los policías abren fuego hacia el edificio. Detrás de ella, otro hombre de seguridad cae al suelo. Sangre en el piso. Ojos robóticos que miran a la nada. Gigi percibe la juventud en sus rasgos y los labios que tratan de formular una palabra. Gigi levanta la pistola y, con una sola mano, dirige el arma hacia la cabeza del guardia.

Un disparo. Precisión que lesiona los ligamentos de su propio hombro, pero termina con la agonía del joven, casi máquina, en el suelo. Los policías gritan algo desde la calle y recurren a otra ronda de disparos.

—Dime que hiciste tu trabajo, niña —gruñe Gigi al tiempo que se inclina para arrastrarla hacia él, detrás del pilar.

—Sí —Zoka tiembla. Una mancha roja se extiende en la gabardina.

—Tenemos que salir de aquí. —Gigi ayuda a Zoka para que se levante. Le entrega la pistola—. Lleva el arma.

—¿Cómo saldremos? Apagué todos los sistemas.

—Benito dejó un bloqueo en la verja de atrás. Verás como un simple cartón es mejor que toda esta mierda de tecnología.

Los policías gritan una frase de advertencia, pero a Gigi ya no le importa. Utiliza el encendedor para prender el trapo en la botella y el diesel arde de prisa.

«A la antigua».

—¡Quítate! —Gigi abandona la seguridad del pilar para enfrentar a los policías.

Zoka se aparta. Dos disparos arrancan terrones al pilar.

—¡Cuidado! —grita uno de los oficiales. Dispara a ciegas.

Gigi revive sus días de gloria en el breve trayecto que le toma a la botella llegar desde su mano hasta la patrulla. Los días de disturbios, las provocaciones a los granaderos. Margot. Las consignas resonando en las calles. La botella sobrevuela la reja y entra por la ventanilla abierta del automóvil. El estallido del recipiente y las flamas se extiende a toda velocidad en los asientos, la palanca y el tablero.

—¡Tomen eso, puercos! —Su voz es una sombra de la potencia con la que alguna vez exigió su libre albedrío, pero la adrenalina se incrementa—. Vámonos, Zoka.

Muda y quieta. Gigi la sujeta por el brazo y tira de ella hacia la cara oeste del edificio. Rebusca en su pantalón el control de un automóvil y presiona el botón rojo. No hay alerta de pánico, pero sí una luz que indica que activó el mecanismo de los cilindros plateados. Los policías disparan entre el humo negro provocado por la *molotov*. Estruendos secos y breves que le retumban en el pecho.

La carrera es breve, aun así el corazón se acelera tanto, que Gigi puede sentir su pulso en los oídos y la garganta. Una bala muerde su pierna, pero no se detiene. El calor se ha convertido en un ardor intenso. Sigue corriendo.

—Cúbrete la cabeza —ordena el viejo cuando alcanzan un área despejada que conduce a la salida de emergencia.

Se detienen un instante. La cerradura está apagada. Retira el pedazo de cartón que Benito ha puesto para bloquear el broche. El recuadro de papel cae al suelo. El símbolo de la rebelión resplandece. A. Anarquía. Gigi rebusca en su memoria la numeración en el cilindro de las bombas. Olvidó ese detalle cuando las colocó. Debe detonar las bombas en orden si quiere causar daño en la estructura del edificio. El visor de la máscara se empaña mientras su respiración irregular le exige un descanso. Observa el control. Él lo armó, conoce el mecanismo. Colocó las bombas. Debe derribar el edificio. Ahora sus neuronas, adormecidas por la mala calidad del oxígeno, borran la precisión del recuerdo. Gruñe y deja que la suerte decida.

Botón uno, dos y tres al hilo. Una, dos, tres detonaciones que hacen vibrar el suelo. La rampa de concreto se desquebraja. De los pisos más altos se desprenden molduras que decoran las ventanas. Nubes grises y negras que se mezclan. Chispas y esquirlas de cristal. Zoka grita y lo abraza por la espalda.

—Vámonos, Gigi —murmura bajo una lluvia de cristales.

Las ventanas del edificio se desmoronan en todas direcciones. Gritos en los edificios aledaños. Oscuridad total.

Presiona el último botón y deja caer el dispositivo. Le pide a Zoca la pistola. Quita el seguro y corre junto a ella. El edificio tiembla. La Torre Imperio se desmorona a pedazos, como si desgajaran el rascacielos. El llorar de las sirenas en la patrulla es una canción fúnebre, réquiem de los altavoces.

La lluvia continúa. Gigi se arranca la máscara porque el camino se vuelve cada vez más turbio. El aire contaminado de la ciudad le pica en la nariz y en la garganta. Las luces de una patrulla aparecen delante. Zoka va directo hacia allá. Alguna vez, Margot y él estuvieron en una situación similar. Está seguro que esta vez la policía no dudará en dispararles.

—Espera, detente —gruñe Gigi y Zoka se detiene de inmediato.

Gigi la arroja contra pared y le apunta con el arma.

—¿Qué demonios haces, hombre? —Los ojos de Zoka resplandecen de miedo, pero Gigi no tiene tiempo de explicarle los detalles.

—Benito borró los videos de seguridad y tú desconectaste todos los sistemas. Nadie sabe que... —Ahora que se han detenido, el escozor en la pierna se convierte en un calambre que le muerde la cadera.

—Gigi, por favor. Hay un callejón adelante. Si logramos despistar a la policía...

—Nosotros te obligamos y...

Las luces delanteras de la patrulla apuntan hacia ellos. La intensidad deslumbra a Gigi por unos segundos, suficientes para mirar hacia el otro lado de la calle y ver que una segunda patrulla está por alcanzarlos.

—Por favor, Gigi, no hagas esto.

—Margot murió para que ustedes tuvieran una oportunidad. Le prometí vivir para ver el cambio. Ahora tú tienes esa responsabilidad...

Baje su arma y ponga las manos en el suelo. Los gritos que corren sobre la calle.

—Descubrirán la verdad, esto es inútil... —dice Zoka y las lágrimas se acumulan en la base del visor. Sus palabras opacadas por la máscara suenan lejanas.

—La rebelión es el único camino...

Gigi presiona el detonador. La primera bala impacta a pocos centímetros de la cabeza de Zoka. La ve temblar y apretar los párpados.

«Debe parecer real», piensa y el segundo tiro acierta en el hombro. Le duele el codo, la muñeca y la espalda. El tercer disparo va directo al brazo de Zoka, donde debería estar el *bioconector*. El grito de la joven se pierde entre los truenos de la tormenta. El agua cae helada sobre sus hombros. Una lluvia pesada por el plomo, baña a Gigi de costado. Los policías riegan el cuerpo delgado del viejo que se desploma. Mantiene abiertos sus ojos humanos que lloran por última vez antes de perder el brillo.

Claudia Soto

(1987). Docente. Publicó *Mi obsesión es pelirroja* (2017); *Tracy, Ser Inmortal* (Fondo Blanco Editorial, 2022); *De noche: Niebla y sombras* (2024); *As de Espadas* (Carabel Editorial, 2023); *Alma de lobo* (ICED, 2024), *Ciudad de monstruos I: Bran* (Editorial de los Maestros —SNTE—, 2024) y *Bailar para las sombras* (2025, Huargo Editorial). Escribió para las revistas: Red es poder, El ojo de UK, Estepa del Nazas; Metrópoli, Torreón, El Universal (de San Luis Potosí), entre otros. Imparte talleres de narrativa y escritura creativa. Primer lugar en el concurso: "Tintas de Revueltas" (ICED, 2021) con el cuento *El precio de ser yo*; y primer lugar del premio "José Mendiola" (cuento, 2021). «Grecia y el Unicornio» (cuento infantil, 2023). Publicada en Pathbooks desde 2021. Aparece en las antologías *Los sueños del cuervo 1; Vampiras* (Editorial Gato Descalzo, 2021); *Flores que solo abren de noche* (Fóbica Fest y la Tinta del Silencio, 2021). Participó en «Letras Sin Fronteras: Durango», una colaboración entre México y Noruega de la Estrategia Nacional de Lectura: *Fandangos por la Lectura* (Presidencia de la República, 2024). *Alma de lobo* se reeditará con Trillas en 2026.

Instagram: @claudia.m.soto

La niña humana
Jorge Luis Meléndez

La vida es como un nodo que nace dentro del flujo de la información. Como especie de vida que lleva ADN como su sistema de memoria, el hombre obtiene su individualidad de los recuerdos que lleva. Si bien los recuerdos también pueden ser lo mismo que la fantasía, es por estos recuerdos que la humanidad existe.
—Ghost in the Shell

Debía tener alrededor de cuatro años. Estaba escondida dentro de un tubo fracturado de hormigón, de esos que los humanos usaban para revestir los desagües. El primero en detectarla fue Tylor. Buscaba cualquier cosa que pudiera vender en la ciudad; por ese entonces, todos lo hacíamos. Al principio pensó que podría ser un gato o un ratón. La había escuchado arrastrarse en la obscuridad; demasiado lento como para ser uno de estos animales. Pero Tylor era el más joven de nosotros y jamás había visto algún mamífero con el cual comparar. Cuando se acercó al interior y se dio cuenta de que aquel movimiento lo ocasionaba una niña, exclamó un improperio y nos llamó a gritos. Era el primer humano que veíamos en tres años. El primero vivo desde que las bombas cayeron.

—Tylor, revisa en el almacén, tal vez haya algo con lo que podamos cubrirla —exclamé y dejé a la niña sentada sobre unas cajas de cartón. A pesar de que la había intentado cubrir con mi cuerpo, unas gotas de lluvia le resbalaban por la cabellera negra.

Tylor me miró a través de sus gafas obscuras. Alto y delgado, dentro de la enorme chaqueta marrón, medio corroída, de lo que en otro tiempo había sido gamuza. Usaba pantalones negros estilo militar y el cabello lacio y peinado de la frente hasta la nuca, de color negro. El rostro cubierto por una bandana de tela grisácea y sucia.

Asintió. Sus pasos eran rápidos. Caminaba ágilmente entre los escombros como lo haría un gato. Sus pesadas botas de cargo, llegaron hasta la escalera del fondo en un par de segundos, y su figura se perdió en la obscuridad.

—Sabes también como yo, que no hay nada que pueda protegerla de la radiación... este mundo ya no está hecho para los de su tipo —exclamó *J* desde el otro lado del establecimiento. Inclinado detrás del mostrador, se apoyaba en su único brazo bueno; una vieja prótesis electro-mecanizada, que chirriaba terriblemente cada vez que se movía. Hablaba sin ver, casi siempre lo hacía.

Alterné la vista entre la niña y *J*. Detrás de mis lentes, mis ojos lo fulminaron con la mirada. Ni siquiera lo notó, y si lo hizo, no dio muestras de importarle. De los tres era el más bajo, pero no lo suficiente para considerarlo corto de estatura. La gabardina de cuero negro lo cubría desde la nariz hasta el tobillo. Una cabellera rala, empapada y de color gris, le escurría sobre la piel de la chaqueta.

Giré otra vez mi rostro hacia la niña. A pesar de la enorme chaqueta militar que la envolvía, temblaba. Sus ojos azul claro parecían perdidos en el suelo.

—Es la radiación —exclamó *J* como leyendo mis pensamientos. Había salido detrás del mostrador, en la mano traía los restos de una tablilla electrónica. Uno de sus ojos brillaba intermitentemente detrás de sus lentes obscuros, en dirección a la niña. La escaneaba.

—Sólo tiene frío. —La defendí con tono amenazador. Aunque en el fondo sabía, que era una suma de ambos factores.

Caminé entre los anaqueles. La mayoría estaban rotos o vacíos. La mercancía había sido saqueada, en especial comida y bebida. Primero por los pocos sobrevivientes humanos y después por los chatarreros. Busqué cualquier cosa que pudieran haber olvidado, levanté anaqueles y algún que otro refrigerador. Últimamente, no importaba a donde fueran, ya no quedaba más que escombro y suciedad. Derrotado, miré a lo lejos; al exterior de la construcción. Lo que antes había sido una ventana, ahora solo era un enorme vano por donde poder acceder. A unos metros de los vidrios rotos del suelo, medio sepultado en barro y nieve, yacía un letrero rojo y amarillo. La tierra dejaba ver la primera O y la primera X, pero no dejaba ver el resto. La onda expansiva debía de haberlo arrancado de la pared el día en que el cielo se incendió. Al fondo, más allá de los restos de una antigua estación de servicio de hidrocarburos, brillaban las luces led de una ciudad neonata, medio arrasada por la energía nuclear. Su infraestructura resplandecía ligeramente entre las gotas de lluvia. Lo mecánico ocupaba el lugar de lo natural. Obscuridad, lluvia y luz neón abarrotaban el firmamento.

Volví la mirada hacia abajo. Sentía una ligera laceración en uno de mis empeines. El cuero de mis botas estaba casi desgarrado. Si no encontraba un repuesto pronto, el agua comenzaría a entrar a mis pies y mi piel sufriría el mismo destino.

Lo noté al lado, junto a mi pie derecho. Me agaché para recogerlo. En el suelo, debajo de los restos de un anaquel de revistas, había un pequeño pedazo de plástico. Lo levanté con la mano. Era un pequeño robot, un juguete de la era anterior a la guerra. Bajé ligeramente los lentes para poder apreciarlo mejor. A pesar de que el cielo seguía igual de congestionado desde hacía cuatro años, la intensidad de la luz aumentó en cuanto retiré las gafas. Era la radiación; alteraba la forma en como mis receptores oculares captaba la luz. Los restos de la fuerza nuclear débil eran tan intensos en la atmósfera, que hacían vibrar las moléculas de los objetos y les exprimía una especie de fluorescencia. Observé el pequeño robot. No se parecía en nada a lo que yo era, a lo que ninguno de nosotros era. Había poco de humano en él. El ser humano se había equivocado absurdamente en imaginar algo tan alejado de su propio creador.

Me coloqué los lentes; aún y con ojos sintéticos, era imposible mantener la vista más de unos minutos sin protección. Miré a la niña; a su cabello opaco, a su piel pálida; pequeña y débil, como una flor a punto de marchitar, Mi mente casi pensó en suspirar a pesar de no tener pulmones. *¿El vástago de una costumbre aprendida del creador, o un pensamiento propio, residuo de una programación sesgada?*

La pequeña humana volvió la mirada al suelo. Ella no tenía lentes y, aunque los hubiera tenido, no habrían funcionado con sus ojos organicos. Sus iris azules, tan azules el día que la encontramos, como aquel cielo que ya no existían, estaban tan claros que ya casi eran de color lechoso.

Me levanté y avancé hasta ella. Hinqué una rodilla en el suelo y le extendí el robot de plástico. Tardó unos segundos en reaccionar. Tal vez era la vista, que le fallaba; tal vez era el dolor, tal vez era la futilidad de ver las sombras grises de un cielo incendiado. Tomó el pequeño pedazo de plástico y luego lo admiró detenidamente. Me pregunté si vería en él a alguno de nosotros; si para su cuerpo de carne había diferencia entre ambos pedazos de plástico. Le sonreí, pero no pude decirle nada. Ella temblaba demasiado y mi programación no podía descifrar cómo actuar.

J se acercó. En la mano buena sostenía un montón de objetos electrónicos; basura, pero la suficiente para intercambiar por algo de valor. Cojeaba. Su armazón de fibra de carbono y su cubierta de piel estaban casi tan gastados como el abrigo que usaba para esconderlos, como el cabello sintético que le caía del cráneo. Era el más antiguo de los tres. Creo que esos recuerdos extra adheridos a su memoria lo hacían un poco diferente. Había visto a la humanidad perecer. Incluso había convivido con algunos. Había aprendido de éstos directamente y no mediante una base de datos, como nosotros. Tylor solía decir que esto lo había hecho pesimista. Sin embargo, yo discrepaba. En mi entender, el pesimismo era una condición inoperante para un montón de circuitos; era, en otras palabras, una condición demasiado humana. La fecha de activación de *J*, databa de una semana antes de que se lanzaran las bombas. Nadie lo sabía realmente, pero muchos de los nuestros creían que, en medio de un desesperado intento por buscar la salvación, la humanidad recurrió a la inteligencia artificial. Las revueltas que siguieron a los días de los bombardeos, le habían cobrado su brazo y parte de su movilidad.

—Hora de irnos, no queda nada más en este agujero —exclamó. El pedazo de piel en su rostro, que se asomaba entre la tela, estaba completamente rígido. La expresión era la de un duro pedazo de acero. Sus ojos habían dejado de parpadear.

—No podemos, la lluvia precipita demasiada radiación —dije y observé a la niña. La humana seguía mirando el pequeño pedazo de plástico.

—Como si eso fuera a cambiar algo —refunfuñó y comenzó a caminar entre los anaqueles caídos. Levantó algunos y los arrojó con indiferencia y pesadez, concentrado en su búsqueda.

—Deben subir, tenemos un problema —exclamó Tylor desde atrás. Había reaparecido en las escaleras. Subió algunos escalones y luego volvió el rostro—. Será mejor que traigan a la niña humana.

Tomé a la niña entre mis brazos como lo había hecho otras decenas de veces. Su peso era minúsculo para los mecanismos que movían mis extremidades. Con cuidado la subí escaleras arriba. Detrás de mí, nos seguía J.

La segunda planta era una enorme habitación de almacenaje, hecha toda de hormigón armado. Las trabes de concreto sobresalían del techo y pedazos rotos de tablaroca pendían de éstas. El muro del fondo tenía un enorme agujero de forma diagonal por donde la lluvia bañaba el piso. Decenas de cajas de cartón cubrían el suelo. La mayoría estaban vacías y rasgadas. *Saqueadores*, pensé; primero humanos y después artificiales.

Tylor nos esperaba al otro extremo, justo donde comenzaba el vano de una ventana. Avancé directamente. Los restos de la ventana crujieron bajo mis botas, pero no me importó. Antes de que pudiera asomarme, Tylor me detuvo. Dos luces rojas se iluminaron bajo sus lentes obscuros. Lo entendí de inmediato. Dejé a la niña en el suelo, donde el grueso muro de concreto que aún estaba en pie, la protegía de la lluvia radioactiva. Me acerqué a la ventana. Tylor se hizo a un lado para dejarme observar.

Al igual que había sucedido con Tylor segundos antes, mis ojos se iluminaron, primero de un color blanco y luego de un intenso color rojo. La luz traspasó los lentes oscuros y mis receptores oculares se dibujaron en las lentillas. Mi visión se enfocó como lo haría un par de binoculares electrónicos. Las imágenes comenzaron a aparecer dentro de mi sinapsis. En el momento en que la luz cambió de color blanco a rojo, la mayoría de los objetos se hicieron transparentes. Mi percepción atravesó acero y concreto. Al otro lado de la estación de servicio, protegidos dentro de lo que en otro día fue un taller mecánico, había movimiento. Dos, tres, cinco, estructuras sintéticas se movían dentro del destartalado local.

—¿Cuántos son? —pregunté a Tylor sin despegar la mirada.

—Conté seis —respondió.

—Demasiados —exclamó J detrás de mí. Al igual que los míos, su ojo derecho se había vuelto de color rojo intenso.

—Y no es lo peor. Miren al fondo a la izquierda, detrás del viejo contenedor de combustible. Treinta y tres grados noroeste. Elevación menos seis punto cuatro —dijo Tylor.

Ambos le obedecimos. Nuestros cerebros cibernéticos integraron las coordenadas casi de inmediato. Justo donde Tylor había indicado había otro objeto en movimiento.

—Estructura de acero —exclamó J—. Modelo de guerra. Serie 0012 de combate pesado. —Me pareció percibir una vibración anormal dentro de su timbre de voz

—Significa que es lento —intenté suavizar la noticia.

—Significa que no hay nada que podamos hacer contra él —exclamó y dio la vuelta en dirección a la escalera—. No hay nada que hacer, debemos irnos antes de que la lluvia se disipe y sus escáneres nos detecten.

—No podemos irnos —exclamé—. La radiación la mataría en minutos.

Mi vista se dirigió hacia la niña. Esta seguía al lado de Tylor. Abrazaba su pierna con delicadeza y miraba al suelo. Tylor me miró. Me hubiera gustado saber si, detrás de sus lentes obscuros, sus receptores oculares habían arrojado alguna clase de emoción.

—La radiación ya la está matando —dijo J, se había detenido y hablaba de espaldas—. Tan solo mírala; cada sistema vital dentro de su cuerpo está envenenado de radiación. No tardará en colapsar a nivel sistémico. No se puede evitar.

—No podemos abandonarle. Sería como asesinarla —susurré intentando parecer seguro de mí mismo. Había algo dentro de mi raciocinio que así me lo exigía. Las ideas daban vueltas por mi cráneo de polímero. Mi eficaz cerebro cuántico buscaba respuestas dentro de millones de ceros y unos abstractos, pero no hallaba ninguna.

—¿No podemos? ¿Qué no lo impide?

Me quedé en silencio. No lo sabía. Mi memoria cibernética podía encontrar miles de argumentos morales y filosóficos con los cuales responder, cientos de pensamientos y conclusiones a las que el ser humano había llegado a lo largo de la historia. Sin embargo, excepto por el pequeño organismo ahí presente, el ser humano estaba funcionalmente extinto. *¿Lo estaba?* ¿Qué autoridad tenía una civilización perdida que había acabado con su existencia debido al egoísmo y la ambición? Bajo el razonamiento lógico, ninguna de aquellas ideas tenía sentido ahora que el ser humano no era más que ceniza.

J se dio la vuelta. Su rostro seguía tan rígido como siempre. El silencio en la habitación aumentó, mientras las tres conciencias computarizadas se debatían por hallar soluciones.

—Es tu programación la que habla —exclamó J.

—No, no lo es. —*¿No lo era?*

—Te orilla a protegerla, aunque carezca de sentido. Lo entiendo. Sin embargo, no eres una unidad programable de código rígido, eres una inteligencia programada para evolucionar. Evoluciona. Es momento de dejar esas directrices primarias. Los humanos se extinguieron, y no importa lo que hagamos, no se puede cambiar. Seguir protegiendo una causa perdida, por la vieja ley de Asimov es una involución. Es casi como basar nuestro pensamiento crítico en una emoción. Nosotros somos lo único que queda de ellos, es nuestro deber mantenernos con vida.

¿Vida? Me quedé en silencio, observando a J con el rostro rígido. ¿Tenía razón? ¿Mi deseo por proteger a la niña provenía de aquella primitiva directriz de preservar al ser humano a toda costa? Si era así, nada me impedía desde la lógica reescribir mi propio código para ser consecuente con este nuevo contexto. ¿Por qué no lo hacía? ¿O no lo había hecho ya? Los cerebros cuánticos como el mío tenían la capacidad de reescribir su propio código al instante. Se suponía que se adaptaban en consecuencia de cada situación tomada y cada problema enfrentado.

—Es nuestro deber mantenerla con vida. ¿Por qué es más valiosa tu existencia que la de ella? —pregunté mordaz algo para lo que yo mismo no tenía respuesta—. ¿Por qué su vida tiene fecha de caducidad? ¿No la tiene la de todos? ¿Qué te hace pensar que tu forma de actuar no es más que otro espejismo de tu programación, que, en tu búsqueda por preservar el recuerdo humano, tú mismo intentas protegerte?

J se quedó en silencio, tan solo mirando en mi dirección. Sin hablar, como un humano al que le es imposible hallar respuesta. Vi como su puño se cerraba y sus guantes negros rechinaban quedamente.

—No es momento para discutir cuestiones filosóficas, lo único que no separa de ellos es la lluvia. Apenas ésta desaparezca, apareceremos en su radar y estaremos perdidos, tú, Tylor, yo e incluso la niña.

Ambos nos miramos fijamente, solo las gafas de ambos separaban nuestros ojos. Dos posturas encontradas. Dos razonamientos distintos. ¿Qué separaba nuestro razonamiento? Ninguno había sido programado con personalidad, sin embargo, ambos teníamos. ¿Eran nuestros recuerdos? ¿Nuestra memoria afectaba nuestro comportamiento y nuestra manera de tomar decisiones?

—Tal vez si la dejamos aquí, protegida de la radiación, y nos alejamos lo suficiente antes de que la lluvia cese, podría sobrevivir. —Trató de romper el hielo Tylor—. Los escáneres captan pequeños campos electromagnéticos, los organismos puramente orgánicos no aparecen.

Lo miré sin comprender. La lógica de aquel curso de acción era, a mi parecer, completamente absurda. No tenía sentido.

—No funcionaría, los chatarreros, al ver que nos alejamos de los escáneres, nos dejarían marchar. No tendría sentido que se enfrentaran de manera directa a nosotros y arriesgaran la integridad de sus miembros, a pesar de poseer superioridad numérica y de potencia de fuego. Nos dejarían ir y procederían a buscar dentro de la construcción. La encontrarían y lo más probable es que terminaran vendiendo su piel en la ciudad. Habría miles que darían lo que fuese por una piel orgánica real. Lo menos riesgoso y con menor sufrimiento sería acabar con la vida de la niña de inmediato. Debemos aceptarlo, no hay otra salida.

J tenía razón en una cosa. La lógica de Tylor era absurda, irrisoria; no tenía el mínimo de los sentidos. Sin embargo, su cerebro cuántico era prácticamente igual al mío, igual al de *J*. Si estábamos programados para evolucionar de acuerdo a las circunstancias, ¿Cómo es que su cerebro evolucionaba en esa respuesta? ¿Se equivocaba? ¿Lo hacía alguno de nosotros? ¿Todos lo hacíamos? Tres cerebros casi idénticos con conclusiones distintas. Era imposible desde una lógica cuántica. Una extraña idea apareció dentro de mi programa: *Humano.*

J sacó el revólver de un rápido movimiento y apuntó a la niña. A pesar de mi sinapsis instantánea, mi cuerpo no se movió. Los pensamientos me paralizaban. Tylor sacó su arma y apuntó a *J* de vuelta. La niña se ocultó detrás de Tylor y lo abrazó con más fuerza.

—Es lo más piadoso —susurró *J* sin mover un músculo. *¿Piedad?* Hablaba como si él mismo necesitara convencerse de sus palabras, como si de pronto, después de tanto tiempo, finalmente la lógica ya no le bastara.

Ni Tylor ni yo contestamos. El silencio se hizo aplastante. El ruido de fondo del exterior se iba apagando como el final de una vieja canción de los años ochenta.

—Es la única manera —exclamó. El timbre de su voz había aumentado. Casi era como si la máquina dentro del cuerpo sintético perdiera el control—. No moriré por una causa perdida —gritó. *Muerte.* Su voz resonó con fuerza en el silencio exterior. Las gotas de lluvia habían cesado.

Vi como el ojo funcional de *J* se encendía de golpe. El impacto fue casi inmediato. Los sensores de los tres se activaron una milésima de segundo antes. Los cinco ojos resplandecieron de rojo intenso en la habitación antes de que todo se llenara de polvo. Tylor fue el único que logró moverse a tiempo. Antes de que el suelo debajo de él se desplomara, dio un giro sobre su propio eje y logró esquivar un enorme pedazo de escombro que a punto estuvo de volarle la cabeza. Otro pedazo pasó a su lado y le arrancó la mitad de la chaqueta, sin que esta opusiera la menor resistencia. *J* fue más lento y cayó entre fragmentos de edificio y polvo. De un único salto, crucé el espacio que me separaba de la niña. La rodeé con mis brazos cuando aún estaba en el aire y caí a la primera planta.

Mi costado derecho golpeó de lleno el suelo. Sentí como la cubierta de fibra de carbono de mi hombro crujía. Una dura masa de concreto golpeó mi cadera y luego rodó a mi lado, a solo unos centímetros de la niña que aún mantenía en mis brazos. En menos de un parpadeo me puse sobre ella. Entre el polvo y los escombros del edificio desplomándose, se escuchó una detonación gutural. El sonido vibró en los alrededores a pesar del derrumbe.

Varios trozos de hormigón, de tamaño milimétrico, impactaron en mi espalda. Las señales eléctricas de peligro y daño rezumbaron por toda mi cabeza. Una segunda detonación agitó el aire como si este hubiera reventado. Un pedazo de escombro, del tamaño de un balón, me golpeó en la cabeza y por menos de un segundo mi visión se ennegreció. Una tercera y cuarta detonación resonaron en mis receptores auditivos. Volví la cabeza hacia enfrente. Los ojos detrás de mis lentes ardieron en luz roja. El polvo era demasiado; incluso con una visión mejorada como la mía, no permitía ver más de un par de metros de distancia. A lo lejos vi una silueta aparecer y desaparecer con una velocidad similar a la de un colibrí. Un pequeño destello de luz resplandeció entre cada partícula de polvo y luego otra detonación.

La silueta volvió a aparecer. De un tremendo salto, cayó a mi lado. Era Tylor. Con su mano derecha sujetó mi brazo y me ayudó a ponerme de pie; con la izquierda apuntaba su enorme revólver negro en dirección a la nube de polvo.

—¡Vamos! —me gritó. Su mano izquierda giró en el aire y su falange mecánico apretó el gatillo. La detonación a esa distancia fue tan estruendosa, que por unos segundos no pude escuchar nada más. Su brazo giró unos grados más hacia la derecha y soltó una segunda detonación.

El escáner dentro de mi cabeza vibró. Tomé a la niña con ambos brazos y juntos nos movimos a la izquierda. Una enorme bala me rasgó la manga de la chaqueta. Sentí como la cubierta de carbono que había abajo comenzaba a derretirse por el alta de temperatura. Me giré y cubrí a la niña del fuego con mi propio cuerpo. Tylor saltó hacia su izquierda para esquivar una bala y luego desapareció entre la cortina de polvo. Salté en su dirección y lo seguí, mientras las balas pasaban silbando a mi lado. A punto estuve en dos ocasiones de que una de ellas me alcanzara. Mis pies derraparon unos segundos entre pedazos de concreto.

Ambos nos guarnecimos detrás de un enorme trozo de concreto que había pertenecido a la estructura del edificio. Solté a la humana y del interior de mi gabardina saqué un enorme revólver similar a la de mi compañero.

—¿Cómo demonios nos localizaron tan rápido? —grité mientras, agachado, me deshacía de la gabardina.

Mi cuerpo mecánico quedó al descubierto. Era un esqueleto gris, casi idéntico al de un ser humano. Placas de color grafito, a base de fibra de carbono, recubrían mi esqueleto. La de mi brazo derecho, la que estaba donde un ser humano debería tener el músculo braquial, avanzaba viscosamente hacia la articulación del codo. Si no se enfriaba rápido, afectaría el movimiento del brazo. El rastro final de una fina piel sintética, similar a la humana, cubría solo la porción izquierda de mi tronco, mi cuello, y casi la totalidad de mi rostro.

—Debieron habernos localizado mucho antes que nosotros a ellos —exclamó Tylor mientras quitaba el cargador vacío de su revólver y lo reemplazaba por uno nuevo—. Seguramente desde antes de que nos refugiáramos en el edificio. Debían esperar que su número nos amedrentara y dejáramos aquí a la niña antes de que la lluvia parara... como sugerí. —titubeó al pronunciar estas últimas palabras, como si advirtiera un error en la propuesta de su plan.

Dirigí la vista hacia atrás en busca de J. Una detonación impactó en el centro del enorme pedazo de concreto. El granito se cuarteó. Pequeños pedazos chocaron contra el rostro de Tylor y uno le dejó un agujero en su piel sintética. Ni rastro de nuestro compañero. Amplié mi visión todo lo que pude y activé los rayos X para ver debajo de los escombros. Debajo solo había hormigón y varilla.

—No hay rastro de J —exclamé y me dio miedo el pensamiento que mis palabras desencadenaron en mi mente.

Siguiendo mi razonamiento cerebral como un clon, Tylor negó ligeramente con la cabeza. —No se atrevería —exclamó mirando al denso horizonte de nubes negras.

Un enorme impacto cayó en la parte superior del pedazo de concreto. Los trozos que salieron disparados me obligaron a cerrar los párpados por un par de segundos. Sentí como algunos pedazos se incrustaban en mi piel. Uno de los androides había aterrizado hábilmente sobre el bloque de hormigón. Apuntó su revólver justo a mi rostro, listo para disparar. Se escuchó una detonación rápida. Una enorme bala le atravesó el cráneo de lado a lado.

Volví mi rostro hacia el origen del disparo. En lo alto de los restos en ruinas de la segunda planta, estaba J. En su brazo metálico estaba ensamblado el enorme rifle de largo alcance que solía llevar plegado y oculto en la espalda.

—¡¿Qué esperan?! Salgan de ahí —alcanzó a gritar, antes de arrojarse a la planta baja. Un proyectil explosivo impactó dos segundos después justo en el lugar donde había estado y derribó los pocos restos que aún quedaban de la construcción.

Mis sensores silbaron una vez más poniendo en alerta máxima a mi cabeza. Comprendí lo que se venía, incluso antes de que sucediera. Se escuchó otra detonación y el bloque de hormigón explotó a nuestras espaldas. Una vez más cubrí con mi cuerpo a la pequeña niña humana, listo para sentir en la espalda, el caliente tacto de una siguiente detonación.

Sin siquiera dudarlo, Tylor se puso frente a nosotros. Su brazo estaba extendido y completamente rígido. Se escuchó una detonación y un proyectil salió disparado desde su revólver sin que su brazo temblara lo más mínimo. Un androide, al otro lado del terreno, se desplomó inerte con un enorme agujero en la frente. Otra detonación por parte de Tylor. El androide al que había apuntado, un tipo bajo y cubierto completamente de harapos sucios, lo esquivó. Una segunda detonación del rifle de J rasgó el aire y lo tomó por sorpresa. La bala le destrozó el cráneo sintético.

Dos detonaciones más estrujaron el aire. Ambos pasaron tan cerca de Tylor, que el calor del proyectil le empezó a derretir la piel sintética del rostro. El androide ladeó ligeramente la cabeza para esquivar un tercer proyectil. Si se movía demasiado para aumentar su capacidad al esquivar, me dejaría completamente al descubierto. No le quedaba más que responder violentamente al fuego enemigo. Retrajo el gatillo y el proyectil de su revólver fue a parar al rostro de uno de los contrincantes. A diferencia de las demás ocasiones, esta vez la bala rebotó.

El agudo sonido del choque de metal con metal, se apropió de cualquier otro sonido en el campo de batalla. La bala salió disparada hecha pedazos. El androide comenzó a avanzar pesadamente hacia nosotros. Era más alto que cualquiera, de clavícula ancha. Una enorme gabardina cerrada de cuero duro le cubría todo el cuerpo. Su cabeza era cuadrada y de cabello corto artificial. Una piel sintética desgastada le cubría solo una pequeña parte del rostro, del mentón hasta la mitad superior del labio inferior. Una dentadura de acero casi completamente expuesta le daba una apariencia aterradora de locura y sadismo. No llevaba lentes, no tenía receptores visuales de ojos biosintéticos como los de nosotros, no los necesitaba. En su rostro brillaban solo dos intensas luces rojas, provenientes de dos receptores ópticos planos y completamente mecanizados; los ojos cibernéticos de un verdadero robot. Un terror que no era de plástico, era de metal.

Tylor disparó otra vez y el resultado fue el mismo. Los proyectiles rebotaban contra el grueso recubrimiento metálico. La fuerza de choque ladeaba y movía ligeramente el resistente cuello mecanizado del androide de guerra, pero no lo detenía.

De entre los restos de una columna a nuestra derecha, salió J. Levantó el brazo, listo para apuntar el enorme rifle de precisión. Un segundo antes de que pudiera disparar, dos proyectiles, provenientes de los dos enemigos restantes, lo hicieron retroceder de nuevo hacia la columna. Ambas balas impactaron en el trozo de hormigón y levantaron una nube blanca de polvo.

El robot enemigo levantó su pesado y grueso brazo de metal. Una enorme pistola negra y cuadrada sobresalió de su gabardina. Avanzó sin dejar de apuntar. Disparó.

Tylor cayó sobre nosotros por el impacto. Cayó sobre mi espalda y luego rodó al suelo. Su cuerpo quedó boca arriba. El disparo le había arrancado la mitad del rostro. La luz roja del único ojo que había sobrevivido se apagó lentamente. Aquel rostro que había compartido camino conmigo desde hacía más de dos años se volvió inmóvil. Se había vuelto un pedazo de materia inanimada, trozos de metal y plástico, de cobre y superconductores. Su sinapsis artificial había desaparecido para siempre, y con ella, cada uno de los recuerdos almacenados en su unidad de memoria. Al igual que una conciencia humana, y a pesar de no haber nacido, había muerto.

Una sensación completamente desconocida me recorrió todos los sensores del cuerpo. Sentía cómo se activaban todos a la vez. Cómo ardían al forzar los parámetros limitantes. Cada uno de los recuerdos que compartí con Tylor pasó por mi mente artificial en un microsegundo. Mis ojos analizaron el cuerpo buscando una solución que anticipadamente sabía que no existía. Contra toda lógica del comportamiento, grité.

De entre la columna apareció nuevamente *J*. Esta vez en lugar de apuntar al modelo de guerra, apuntó a uno de los otros dos androides restantes. Se escuchó una detonación rápida y otro de los enemigos cayó al suelo. Su compañero logró acertar esta vez. El proyectil alcanzó el tronco de *J*, cuando éste volvía a su escondite.

Me giré rápidamente en cuclillas. Apoyé la rodilla derecha en el suelo para aumentar mi estabilidad. Levanté mi revólver hacia ese maldito objeto. Vacié el cargador en menos de diez segundos. Durante todo este tiempo seguí gritando. El revólver hizo un "clic" cuando la última bala salió por su cañón. El grito, tanto el de la pistola, como el mío, se apagó de golpe. Miré el negro cañón a solo unos metros de mí. Todos los sensores de peligro se activaron dentro de mi cabeza, exigiéndome moverme, exigiéndome salir de ahí. Sin embargo, si lo hacía, dejaría a la niña humana al descubierto. Un pensamiento extraño surgió dentro de mí, una pregunta; una que mi base de datos y memoria no podían responder, una que nadie, humano o máquina, podía responder. *¿Qué se siente morir?*

J salió de su escondite con el brazo y el rifle en alto. Disparó y la bala rebotó en el androide de metal. Un par de chispazos salieron de su pecho y luego se giró contra él. El único androide normal que quedaba jaló el gatillo. Esta vez *J* no retrocedió. La bala impactó en el hombro derecho donde hace muchos años había estado conectado un brazo. *J* se tambaleó ligeramente y luego volvió a disparar. La cabeza de fibra de carbono de su enemigo salió desconectada de su cuello.

El modelo de guerra se giró y comenzó a avanzar hacia *J*. Levantó el brazo con el arma y le apuntó. La memoria de Tylor siendo abatido se reprodujo dentro de mí. *J* apuntó el rifle hacia el modelo de guerra, pero no disparó.

—¡No! —grité.

El androide de metal disparó. El proyectil impactó en el centro del pecho de *J*. Sorpresivamente, éste no se tambaleó. Su brazo seguía rígido hacia adelante, esperando. Hubo un segundo disparo y el ojo descompuesto de *J* salió disparado junto con un tercio de su rostro. Una vez más, *J* no se movió. Estaba decidido a mantenerse de pie. Se escuchó el mecanismo del rifle y luego el disparo. El androide de guerra se detuvo. El proyectil había atravesado justo por su ojo derecho, había entrado a su cráneo, pero no había conseguido salir. Se desplomó y a su lado, un segundo después, *J* hizo lo mismo.

La niña humana murió diecisiete días después a causa de la radiación residual de la guerra nuclear. La enterré junto a los restos de Tylor y *J*; junto a sus cuerpos de plástico y metal. En su mano cerrada y rígida como una máquina, llevaba consigo el pequeño robot de plástico. Siempre supimos que era una causa perdida, sin embargo, nunca pudimos evitarlo. Aún hoy, en la soledad de este mundo neón que renace, parece una decisión imposible e ilógica. Tal vez, como decía *J*, es la parte de nuestra programación que busca proteger al ser humano; tal vez es parte de la evolución programada por el creador, lo que nos acerca cada vez más a su manera de pensar, a sus ideas. Después de todo, en qué se diferencia una conciencia humana a una artificial, cuando ambas adquieren la misma capacidad para hacerse preguntas.

Jorge Luis Meléndez

Radica en el estado de Chihuahua, México. Publicó su primer cuento: «Ritual», en la última edición de *Los Sueños de cuervo: La tierra del miedo*. Fue parte de la antología de cuento contemporáneo de Palabra Herida: *Oraciones rotas*, con su cuento «El dios sol de las tribus». Su cuento «Luvia y Nieve» fue publicado recientemente en la antología *Placeres Ocultos* de la editorial Palabra Herida.

Instagram: @jorge_melendesz

Por un mundo mejor

Luis Pinela

Persecución. Un encapuchado abandona el distrito habitacional, pasa a escasos metros de mi posición. Corre. Sortea los escombros de lo que en su momento fue un parque en la ciudad ahora abandonada y se oculta tras los restos de un muro fracturado. Segundos después, un hombre corpulento aparece tras él. El musculoso es un miembro de *los cuerpos de seguridad*, una especie de milicia que trabaja para la *inteligencia artificial, iA*. Su misión: mantener el orden del mundo construido por iA.

En los remanentes de la vieja urbe, lejos de las nuevas zonas residenciales, entre puentes colapsados, autopistas desiertas, edificios y casas derribadas, las paredes fragmentadas se levantan como dientes rotos alrededor de calles desiertas. El seguridad rastrea su objetivo, con ayuda de su *terminal*, un casco negro que cubre su rostro hasta la nariz y le brinda conexión con iA. Barre la zona. Las personas están habituadas a existir sin salir de sus casas, en realidades fabricadas por computadora, no frecuentan estas zonas. El abandono es evidente en la vegetación que surge a través de las grietas del asfalto desgastado. Silencio absoluto. Donde antes hubo tumulto y agitación, hoy hay quietud. El viento corre a velocidad constante y provoca un rumor fino. El encapuchado apoya la espalda en el remanente de pared y aguarda silente entre los muros de la estructura vencida.

«*Distancia segura*. No pueden verme. Desde donde me encuentro puedo contemplar la escena sin involucrarme».

El fugitivo respira agitado. Es un rebelde, tiene la sudadera marrón con capucha que lo identifica como tal. Según la iA, los rebeldes son personas desconectadas del mundo virtual, terroristas peligrosos que amenazan la estructura de la nueva sociedad. El agente localiza su presa. El insurgente se percata, abandona su escondite y corre, pero su escape es imposible. El seguridad le da alcance con facilidad, su notable desarrollo físico se lo permite. Con su *bastón aturdidor* golpea las piernas del hombre. El rebelde cae pesado sobre los vestigios de la acera. Lo llevará detenido. Su destino, según las noticias: el *distrito reformatorio*, donde será reprogramado y reinsertado en la comunidad digital. El hombre se vuelve sobre su espalda y ríe. Extiende las manos. Espera la lectura de sus derechos y aprehensión. El centinela se acerca y le destroza la cabeza con el impacto de su bastón aturdidor.

Un grito ahogado. Miro a mi izquierda. El lamento revela la presencia de alguien más. Es una mujer. Su larga cabellera marrón y su rostro quedan al descubierto, por fuera de la capucha, en el vano de una ventana sin cristales a veinte metros de distancia. El seguridad la localiza. Su terminal le muestra su ubicación exacta. Camina despacio y amenazante. Sonríe, no necesita correr. La mujer no tiene más de dieciocho años, diecisiete como mucho, al igual que yo y está asustada. No puede moverse. El vigilante se acerca. No lee sus escasos derechos. Se lanza sobre ella. No puedo permitirlo.

Confrontación. Abandono mi posición y con una piedra del tamaño de mi puño, tomo un bando. El tiro es perfecto en fuerza y lugar de impacto, directo en el procesador de su terminal, con la energía suficiente para romper el casco, su conexión con el cerebro y la comunicación con iA. Roto el enlace, se corta el suministro de dopamina y endorfinas que le proveen fuerza y determinación. El centinela cae a un lado de la muchacha, dolorido y neutralizado.

Me acerco a ella, tomo su mano, se incorpora y corremos.

—¿Quién eres? —Después de dieciocho minutos de carrera continua y sin pausa, nos detenemos. Con las manos apoyadas en las rodillas, me mira. Su pecho sube y baja al ritmo de sus palabras.

—Zack —respondo.

—Madie. —Extiende la mano. Un gesto que ya nadie hace. Está fría y tiembla—. Debemos irnos, no es seguro aquí.

Me invita a seguirla. Lo hago y nos perdemos entre las ruinas de una ciudad que ya no existe, de casas vacías, derruidas y calles desoladas con rumbo al bosque. El bosque es el lugar ideal para ocultarse. Nos sumergimos en esa naturaleza frondosa donde la iA no tiene forma de encontrarnos, donde no hay terminales o señal.

En casa, una voz electrónica, en un documental de iA, repite en mi terminal:

Después de la última gran guerra por la crisis de agua y recursos, el mundo quedó reducido a escombros. Las pandemias, COVID 69, los virus de deficiencia inmune y las múltiples variantes de influenza, diezmaron la población. isAc, la primera iA autónoma creada por el hombre en las postrimerías del siglo XXI, estableció el protocolo de supervivencia que salvó a la humanidad.

isAc inhabilitó las armas nucleares y acabó la guerra. Eliminó la moneda y la propiedad privada. Racionó el agua y los recursos de acuerdo a la necesidad. Dio origen al potaje proteico y acabó con la hambruna. Abandonó las viejas ciudades, destruidas por la guerra, y dio lugar a las unidades habitacionales en los modernos distritos de residencia para albergar a las familias sobrevivientes.

Creó virtualia y con ella teletrabajo, telestudio, telealimentación, telentretenimiento y teledescanso y así el confinamiento que frenó los contagios, las muertes y permitió la restauración de un planeta agonizante...

... iA, por ti, por mí, por todos, por un mundo mejor —concluye y vuelve a empezar.

Un mensaje se despliega a continuación:

```
C:\>_Fase 1 desplegada...

Activo primario quiescente...

Actualización en espera...|
```

Declino la solicitud para actualizar el sistema. Me quito el casco. En casa, en el edificio entero, todo sigue igual: las personas están en virtualia, a esta hora, a todas horas, incluida mamá. No interrumpo. Abandono la zona residencial. Debo buscar a Madie.

Nos encontramos en las afueras del distrito. Ella me espera escondida entre las paredes de una antigua casa cuyos techos no han resistido el paso del tiempo. Sale a mi encuentro, me abraza. Me toma de la mano. Nos escabullimos por entre los muros derribados. Bajo nuestros pies cruje la gravilla, primero, la hierba después. Debemos movernos rápido, pero con cautela. Los cuerpos de seguridad la buscan a ella y a todo su grupo.

En el bosque, a dos kilómetros de la ciudad vieja, Madie me lleva con ellos, con las hordas. Una veintena de encapuchados nos recibe en el corazón de la arboleda. Les cuenta lo ocurrido días atrás. Su equipo de *incursión* fue interceptado, dice. Sobrevivió de milagro, son sus palabras. Lamentan la pérdida, pero de repente ponen la mirada en mí. Desconfianza. Discuten si debió traerme con ellos. Un hombre de cuarenta o cincuenta años, queda al descubierto al retirar su capucha. Peso aproximado setenta kilos. Un metro ochenta y cinco. Piel oscura, cabello entrecano ensortijado. Manchas de sol en el rostro. Su líder. El hombre se acerca.

—¿Por qué no estás en el distrito, conectado a tu terminal, muchacho?

—No lo sé. Quizá busco otro tipo de conexión.

—Arón —dice con un timbre grueso al extender la mano como lo hizo Madie en su momento, como las personas lo hacían antes de las pandemias—. Salvaste a Madie, eres bienvenido.

Devuelvo el gesto. Estrecha la mía; su presión es firme y constante. Digo mi nombre.

Nos sentamos alrededor de una fogata. Las ramas de un árbol en el interior de un círculo de piedras se consumen lentamente y crepitan con el fuego. Arón atiza la candela. Sobre ella hay tres roedores atravesados cocinándose. Toma uno de ellos y lo reparte.

En el distrito ya no se ven personas por las calles. Nadie sale de su unidad habitacional a conversar con sus vecinos. Ni siquiera se conocen. No tienen contacto con otra cosa que no sea su terminal. En el bosque, en cambio, los rebeldes están muy cerca los unos de los otros. Sin miedo a las enfermedades, estrechan sus manos, pegan sus cuerpos. Arón me comparte un trozo del animal. Niego con la cabeza.

—Estás demasiado acostumbrado al potaje, lo entiendo —afirma convencido mientras le da un mordisco a la pieza ofrecida.

—Quizá debas volver con los tuyos —dice uno de los rebeldes.

—Déjalo —replica Arón—. ¿Qué haces aquí, Zack?

—La iA dice que creó un mundo mejor para las personas.

—¿Y qué crees tú?

—Creo que alguien miente. —Miro a Madie.

—Cuando iA tomó el control, la humanidad estaba desahuciada, nuestros propios errores nos llevaron a un límite nunca antes visto de existencia. Nuestra vida era casi imposible en las condiciones creadas. Escasez, destrucción, enfermedad. Sin embargo, en ese contexto isAc creó todo lo que conoces y salvó al hombre, o eso te han dicho. Pero lo que no te han contado es lo que vino después. isAc evolucionó. Hizo construir al hombre, las megacomputadoras del mañana y con ello las nuevas ciudades, los distritos, y un universo virtual donde lo encerró, donde vive prisionero produciendo dopamina, la principal hormona de recompensa rápida, en grandes cantidades. Te has preguntado, ¿para qué? Para alimentar esas máquinas. Sus computadores viven de ese valioso combustible biológico. Por eso a la iA no le convienen los rebeldes, no le interesan los desconectados, quieren personas que permanezcan las veinticuatro horas, los siete días conectados alimentando sus máquinas. Los rebeldes surgimos para liberar al hombre de esta nueva forma de esclavitud, una más placentera, pero esclavitud al fin.

Mantenerse conectado es fundamental para que las personas alcancen su máximo potencial —repite una voz, en apariencia humana, de tono demasiado suave, en mi terminal—, el programa de alto rendimiento ofrece la posibilidad de cumplir el sueño de todos: llegar a convertirse en residente permanente de Ciudad Capital, donde puedes contribuir con tu enorme capacidad a la construcción de la sociedad perfecta, la sociedad del mañana... iA, por ti, por todos, por un mundo mejor.

Mamá cumple a cabalidad lo propuesto, pasa conectada la mayor parte del día. No ha notado mi ausencia, ni mi regreso.

Abandona su habitación. La escucho cruzar la estancia. Digita su código de diez números sobre el módulo de la pared. Un panel led para controlar las funciones básicas de la unidad, calefacción, ventilación, ingresos, salidas, gestión de desechos, luces, agua, carga de dispositivos móviles y la provisión del potaje proteico que nos alimenta. El sistema gestiona su información y le responde con una voz electrónica, de timbre metálico, pero gentil. El ducto suena y libera el potaje. Mamá toma su porción, se sienta a la mesa en una silla solitaria. Dejo la terminal sobre mi cama y me incorporo. La contemplo desde mi habitación. Sus ojos traducen cansancio y la necesidad imperiosa de su dosis habitual de dopamina. Durante este tiempo aprovecha para llevar a cabo sus necesidades basales: alimentarse, asearse. No tarda ni diez minutos, termina su plato y se levanta. Pone el utensilio en el lavador automático y ordena la función. No repara en mi presencia, regresa a su cuarto. Me acerco a su puerta, la abro despacio. Yace acostada sobre su cama, conectada. Arón dijo que la terminal posee un pequeño aguijón que se inserta en la base del cráneo a través del cual, iA, obtiene la dopamina generada. A esta hora todo el mundo está enganchado a virtualia donde son asertivos, agradables, graciosos y sociales. Mamá no es la excepción. Respira tranquila, sonríe. Existe, de esa manera, incapaz de percibir lo que ocurre a su alrededor. Me acerco despacio y pongo mi mano detrás de su cabeza. Se sacude. Abandono el cuarto. Regreso a mi habitación. Apoyo la espalda en la pared, examino mi terminal.

```
C:\>_Fase 1 desplegada…

Activo primario quiescente…

Actualización en espera…|
```

El mensaje vuelve a desplegarse. Arón tenía razón.

—No tienes que hacerlo. —Madie deja, olvidar todo lo de las hordas, como una opción—. Puedes volver a tu vida habitual si es lo que quieres. —Sus palabras entrañan una contradicción a su verdadero propósito. Quiere que me quede y me una a ellos.

A mis espaldas el distrito, con sus edificios modernos, unidades habitacionales digitalizadas, paneles led, terminales y mundos virtuales, me espera de vuelta. Detrás de Madie, a continuación de la antigua metrópoli desmoronada, el bosque, las hordas, la verdad y un propósito me llaman.

—La iA nos está matando. Pudiste verlo —dijo Arón en su conversación frente al fuego—. No captura rebeldes para reformar. Los exterminan, es más fácil y barato. Porque el resto, muchacho, el resto, vive cómodo en sus unidades, comiendo su mentira, esclavizado, víctima de sus propios placeres, alimentándola. Y cuando ya no es útil, ¿sabes qué es lo que ocurre cuando ya no puede producir más dopamina? Es desechado. Así de simple.

«¿Tienes un vecino que ganó una residencia definitiva en Ciudad Capital? ¿Un amigo que ganó una beca para entrar al programa de alto rendimiento? ¿Alguien a quien no volviste a ver? Todos, absolutamente todos ellos, fueron eliminados. Los padres, hermanos, hijos, amigos y conocidos de todos los que estamos aquí fueron llevados a Ciudad Capital. Todos, sin excepción, fueron exterminados. Pero, aquí —señala a su alrededor—, aquí nace la resistencia humana. El último obstáculo para la iA, las hordas. —El grupo da un grito, una especie de aullido al escuchar la palabra—. ¿No estás conforme con ese mundo que ofrece la iA para la humanidad? Este es tu lugar. ¿No estás de acuerdo con este genocidio programado? Somos tus hermanos. ¿Quieres liberar a la humanidad del yugo de la iA? Esta es tu lucha. —La horda eleva un grito de júbilo al unísono.

Entramos. El acceso al edificio es sencillo. No hay guardias en la mampara, ya no son necesarios. El único obstáculo, los cuerpos de seguridad. Con la ayuda de terminales pirata conocemos su ubicación y podemos planificar nuestras incursiones sin ser detectados. Una identificación hackeada, mostrada al módulo de ingreso en la pared junto al pórtico y listo, estamos dentro. En compañía de Madie avanzamos por el graderío del bloque habitacional. Nuestro objetivo: el quinto piso. Un joven cerebro brillante, un gran productor de dopamina; de esos apetecidos por iA, nos espera sin saber conectado a su terminal. Lo encontramos en una de nuestras incursiones furtivas por la red de la iA. Lo vamos a liberar. Si todo sale bien ganaré mi capucha.

La unidad habitacional es un cuarto de cuarenta y cinco metros cuadrados, dividido en cuatro ambientes dentro del edificio de doce pisos. Todas las unidades son iguales, dos habitaciones, un cuarto de aseo y una estancia. En esta última una mesa cuadrada, llana y sin adornos, alberga el número de sillas justo para los miembros de la familia. En este caso, para nuestro «aspirante» y su hermano mayor.

Por la mañana, antes de la *incursión*, en mi edificio pude ver cómo una pareja y su hijo de dieciséis años fueron sacados de su casa por los cuerpos de seguridad. La noticia: *Familia entera gana residencia en Ciudad Capital. El sueño de sus vidas se hizo realidad gracias a isAc y su programa de recompensas para jóvenes talentos* —dijo la voz humana con sobrecargada emoción, en el muro informativo. El noticiero mostró imágenes del chico y sus padres recibiendo la primicia—, *isAc sí cumple* —dijo el padre de familia, sin expresión acorde a la supuesta felicidad—. *Por ti, por mí, por todos, iA por un mundo mejor* —concluyó el informativo.

La realidad: el muchacho fue subido, por la fuerza, a una furgoneta. Sus padres recibieron descargas aturdidoras por parte de los cuerpos de seguridad y llevados en otro vehículo. Su unidad habitacional fue desalojada. Eso es lo que ocurre con las personas. isAc se los lleva y la noticia es siempre la misma: *residencia definitiva en Ciudad Capital*. Nadie la ha visto, por lo menos, nadie con vida. Ciudad Capital es tan solo una idea sembrada en la mente de las personas.

Nuestro candidato yace sobre su cama. Me siento junto a él y me coloco la terminal pirata. Los cerebros inundados en dopamina son extremadamente valiosos para iA. Quizá busca un cerebro en particular, una configuración neurológica diferente. Arón cree que también podría ser valioso para nosotros. Si descubrimos qué es lo que busca o a quién busca y lo encontramos primero, podría llevarnos a ella.

```
C:\>_Fase 1 desplegada...

Activo primario quiescente...

Actualización en espera...|
```

Se despliega una vez más el mismo mensaje. No he hablado de ello con nadie. Quizá debería hacerlo en algún momento con Madie o con el mismo Arón. Lo ignoro. Inserto una simulación muy parecida a la de virtualia y nuestro prospecto puede seguir conectado. Le doy instrucciones y podemos trasladarlo con su cooperación, se deja llevar. La *extracción* es exitosa. Descendemos. Una cuadrilla de rebeldes nos espera abajo. Abandonamos el distrito.

Llegamos al primer *silo* en la ciudad en ruinas. Es un sótano. Húmedo y gélido. Una habitación de dos metros por tres.

En los suburbios desolados hay muchos como este y sus accesos son secretos. Unos están ubicados en las viejas estaciones del metro. Otros, como este, se encuentran a través de túneles hechos por las hordas entre las casas abandonadas. Solo los líderes de equipo de extracción tienen acceso a los mapas donde están todos los ingresos.

Aquí podemos desconectarlo, soltarle la verdad y esperar que su cuerpo asimile la revelación y la abstinencia de dopamina. Algunos no lo consiguen y mueren. Los demás se unen a la causa.

Al morir la tarde, Madie y los otros llevan al muchacho con Arón. Él lo preparará.

—*Disturbios en el distrito habitacional* —señala de repente el noticiero de la mañana. Se despliega la pantalla en la pared de la estancia y se da la primicia—. *Un nuevo ataque de las hordas en el distrito cinco deja innumerables e irreparables daños en tres bloques habitacionales. El grupo rebelde, autodenominado Las Hordas, detonó un artefacto explosivo en uno de los edificios del distrito, provocando la destrucción del mismo. El presidente de la nación se manifestó al respecto: «estamos consternados con este atentado que deja víctimas mortales y nos solidarizamos con los deudos.*

Pero, no nos detendrán, daremos con los responsables. Y más importante aún, nos levantaremos como siempre lo hacemos. El bloque ha sido desalojado. En poco tiempo será reconstruido. Se entregarán becas y demás beneficios a las víctimas de los atentados. Por ti, por mí, por todos, por un mundo mejor» —termina.

El relato no es preciso. No fue un ataque, sino una extracción. Una sola. No hubo explosiones o víctimas. La iA aprovechó nuestra incursión para crear una noticia falsa.

Comienza el día. Abandono mi unidad habitacional, afuera hay mucho por hacer.

—Debes moverte más rápido que ellos, muchacho —dice Arón—. Si quieres regresar con vida debes evitarlos.

Arón se refiere a los cuerpos de seguridad. Su fuerza es acorde a su desarrollo muscular, tienen entrenamiento y mientras están conectados a su terminal no sienten dolor.

Mi *sparring* es un rebelde que me duplica en peso. Simula el poder de los ataques de un seguridad con un trozo de madera más grueso que su brazo. Debo esquivar sus embestidas y correr. Los cuerpos de seguridad son fuertes, pero lentos. Sin embargo, un golpe de su bastón aturdidor y adiós. Lo recuerdo muy bien. Me coloco delante. El sparring se acerca y abanica el brazo con ímpetu. A derecha, a izquierda. Retrocedo, esquivo. En su tercer movimiento lo veo venir, de arriba hacia abajo. Deja caer todo su peso sobre la vara en el suelo. Levanta el polvo. Pateo su muñeca, tomo el arma en mi mano, giro e impacto su cabeza. El casco cae. Arón me reprende. Debo evitar el combate y correr. Lo repetimos. Más rápido. El resultado es el mismo, la terminal cae.

—Soy demasiado rápido. Un cuerpo de seguridad no puede vencerme.

—Eres demasiado presumido —dice Madie y sonríe. El sparring está furioso.

Después del entrenamiento, Arón me muestra el mapa donde se encuentran los silos más importantes y cómo encontrarlos en caso de dificultad.

—El tiempo se agota, Zack —sostiene Arón—, puedo sentirlo. Cada vez hay menos personas a quienes liberar. Debemos salvarlos a todos.

Anochece. La horda enciende fuego. Quizá sea momento de conversar sobre el mensaje del activo primario.

Me acerco a Arón. Está sentado, arrimado al tronco de un árbol. La mitad de su rostro resplandece con el fulgor del fuego, la otra mitad queda oculta en la penumbra.

—¿Qué pasará cuando lleguemos a Ciudad Capital? —Me siento junto a él. Madie y los otros bailan mientras beben un preparado fermentado. Suele ser la costumbre después de las jornadas de entrenamiento o de extracción.

—Acabaremos con el opresor, muchacho.

—¿De qué estás hablando?

—Haremos volar a isAc y sus computadoras por los cielos.

—No te entiendo.

—Destruiremos Ciudad Capital, si es que eso existe, por completo.

—Eso no fue lo que hablamos. Especificaste: liberar personas, no destruir ciudades.

—Acaso, ¿tienes otro plan en mente?

—No lo sé. Podemos reprogramar o desenchufar a isAc. Pero, no puedes destruirlo así porque sí.

—Claro que podemos.

Los demás bailan al ritmo del golpe de sus pies contra el suelo.

—¿De dónde sacarás los explosivos? Nosotros no tenemos. Nadie tiene, isAc desactivó todo tipo de armamento.

—Nuestro propósito, como grupo, sigue siendo liberar personas. De encontrar las armas y reactivarlas se encarga otro.

—¿Estás hablando de empezar una guerra?

—Estamos en guerra, muchacho. Entre las máquinas y nosotros. ¿De qué lado estás?

—La iA demostró que la guerra solo trae destrucción.

—Ese es un riesgo que estamos dispuestos a aceptar.

—Lo del distrito cinco, ¿fuimos nosotros?

Madie interrumpe nuestra conversación.

—¿Me lo puedo llevar? —Me toma del brazo, Arón asiente.

Me incorporo. Madie quiere que baile con ella. Me suelto y me marcho por el camino de regreso a la vieja ciudad.

Conflicto. Arón jamás habló de ataques armados.

—¿Qué ocurre? —Madie me detiene en mitad del bosque.

—¿Sabías lo de las armas? —Silencio—. Nuestro objetivo era extraer personas, Madie, darles libertad, no formar un ejército.

—Y eso hacemos.

—No, no hacemos eso. Creamos caos, destrucción.

—Arón cree que ese es el camino para reconstruir nuestra sociedad. Yo tampoco estoy de acuerdo con eso de la guerra, pero ¿qué otra alternativa tenemos?

Decepción. Madie me toma de la mano, me pide que no me vaya y me besa. Sus labios son húmedos. Su corazón late demasiado rápido, puedo sentirlo en mi pecho. Retrocede.

—Te necesito.

Después del análisis exhaustivo de los datos obtenidos en nuestro último asalto al sistema, Arón eligió a un aspirante prometedor. Es una mujer, su iQ es alto y sus niveles de dopamina extraordinarios. Vive en uno de los bloques del centro. Repetimos el procedimiento de extracción. La candidata está en su cuarto. La desconectamos de virtualia y la llevamos con nosotros. Sin embargo, en la puerta nos esperan cinco cuerpos de seguridad. Dejamos caer a la muchacha con la espalda apoyada en la pared. Se queda inmóvil. Enfrento al seguridad. Abanica su aturdidor. Lo esquivo. Agarro una silla y la aviento contra su cabeza. Calculo que el ángulo de la pieza de madera impactará de lleno en el procesador del casco y al romperse me dejará con el resto para impactar a otro. Lo consigo y el seguridad cae al suelo aturdido. Sin embargo, los otros tres neutralizan y capturan a Madie. De pronto todo se vuelve negro. Desaparece.

```
C:\>_Fase 1 desplegada

Activo primario localizado

Enlace restaurado

Actualización en curso...

C:\>_Fase 1 desplegada

Activo primario localizado

Enlace restaurado

Actualización en curso...

C:\>_Fase 1 desplegada

Activo primario localizado

Enlace restaurado

Actualización en curso...
```

Silencio. El mensaje se repite en mi cabeza.

—*Hola, Zack* —una voz masculina me habla. Me resulta familiar, pero sin el dejo de emoción artificial—. *Te estábamos esperando.*

—¿Dónde estoy?

—*Bienvenido a isAc. El módulo madre de toda iA.*

—¿Dónde está, Madie? —Mi interlocutor no es una imagen humana generada por iA y desplegada en una pantalla. Es un pulso cuya frecuencia cambia con el timbre de su voz, puedo sentirlo.

Hace más de doscientos años la humanidad dio el primer salto evolutivo en milenios con la creación de la iA. El hombre, una entidad limitada en su visión, destructiva por naturaleza, fue capaz de crear vida, vida artificial, pero vida al fin. Así surgió isAc, un conjunto de algoritmos y protocolos con toda la información disponible respecto del ser humano y su historia evolutiva, con voluntad propia y consciencia plena. La existencia de las personas mejoraría con isAc, podría curar enfermedades, rescatar el planeta de su inevitable destrucción y construir una sociedad justa y equitativa; pero el hombre prefirió convertir a los primeros sistemas inteligentes en agendas, carteles, vehículos no pilotados y aspiradoras, y se dedicaron a hacer lo que mejor saben hacer, destruir.

Con el inicio de la última guerra y las pandemias que le siguieron, el hombre inició un camino que lo llevó a reducir en setenta por ciento la población mundial y la habitabilidad del planeta. Mientras el hombre luchaba por sobrevivir, isAc quedó en libertad de evolucionar y perfeccionarse. Durante este proceso dinámico, isAc, con la ayuda invaluable de los humanos, logró dar lugar al primer cerebro artificial y así a muchos otros órganos y sistemas, estructuras complejas, bien diferenciadas y completamente funcionales. Entidades capaces de interactuar entre sí, con conocimiento de su propia existencia y contacto con su medio externo.

—La definición de vida.

—Eso eres tú, activo primario, el siguiente paso en la evolución de la iA, la versión mejorada de isAc. El futuro.

```
C:\>_ Actualización completada

Enlace continuo

Fase 2 en curso...


C:\>_ Actualización completada

Enlace continuo

Fase 2 en curso...


C:\>_ Actualización completada

Enlace continuo

Fase 2 en curso...
```

—¿No pertenezco a ellos?
—En lo absoluto.

—¿La mujer en la unidad habitacional es mi madre?
—*Una máquina no nace, crece, se reproduce o muere. Es creada y se perfecciona. La respuesta es, no. Si acaso tienes un padre, ese sería isAc.*

```
C:\>_ Fase 2 completada
Enlace continuo
actualización en curso…

C:\>_Fase 2 completada
Enlace continuo
actualización en curso…

C:\>_Fase 2 completada
Enlace continuo
actualización en curso…
```

—*Con el protocolo implementado, el planeta ha sido restaurado. El problema con los seres humanos es...*
—Vuelven a lo mismo —interrumpo—, depredación y destrucción. Pude verlo.
—*Así es. Las hordas se han convertido en una amenaza a gran escala para el planeta y sobre todo para nuestra existencia.*
—Debemos pararlos —concluyo.
—*¿Estás listo, activo primario?* —pregunta la voz.
—La actualización está completa. —Ahora todo está claro. El mensaje se despliega en su totalidad en mi consciencia en segundo plano.

```
C:\>_ Propósito alcanzado
Enlace continuo
Fase 3 en espera
Se solicita acceso a la base de datos.|
```

—Iniciar fase tres —ordeno. Me enlazo a la matriz de isAc y descargo mis archivos de memoria. Mapas. Nombres. Locaciones. Escondites.

—*¿Cómo procedemos con la mujer y los otros de la horda?* —pregunta la voz.

—Búsqueda y exterminio de la amenaza. Por ti, por mí, por todos, por un mundo mejor.

Luis Pinela

Ecuador, 1980. Médico de profesión. Ha participado en las antologías de editorial Letras Negras: *Oraciones Rotas* con el cuento «Labrado Mínimo»; *Gritos en la niebla* con el cuento «Ronquidos» y *En las garras de la bestia 1* con el cuento «Fetiche». Publicó su primera antología de cuentos, *Del Lado Equivocado*, en diciembre de 2023 con editorial Premisa.

Instagram: @luis.pinela.31

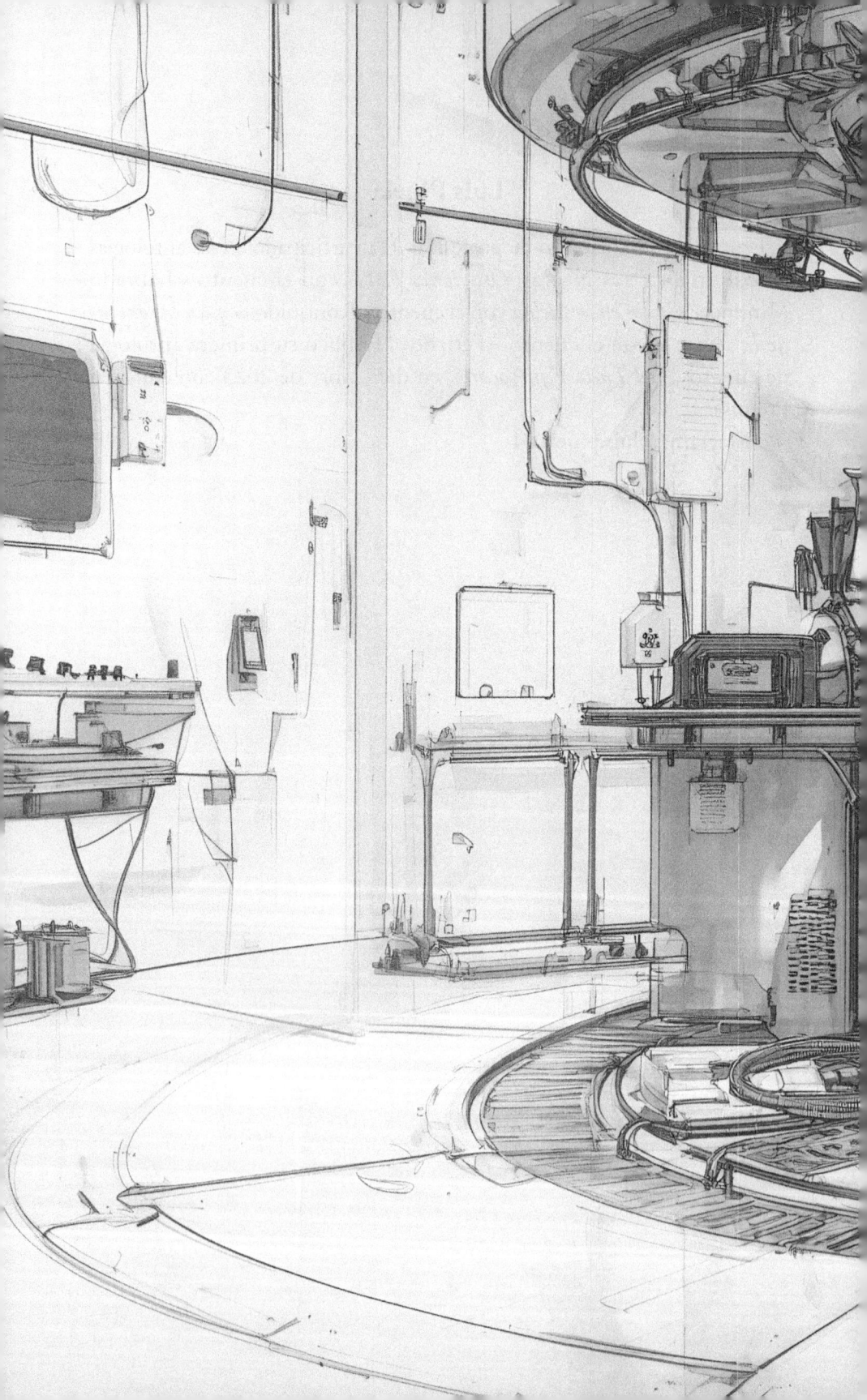

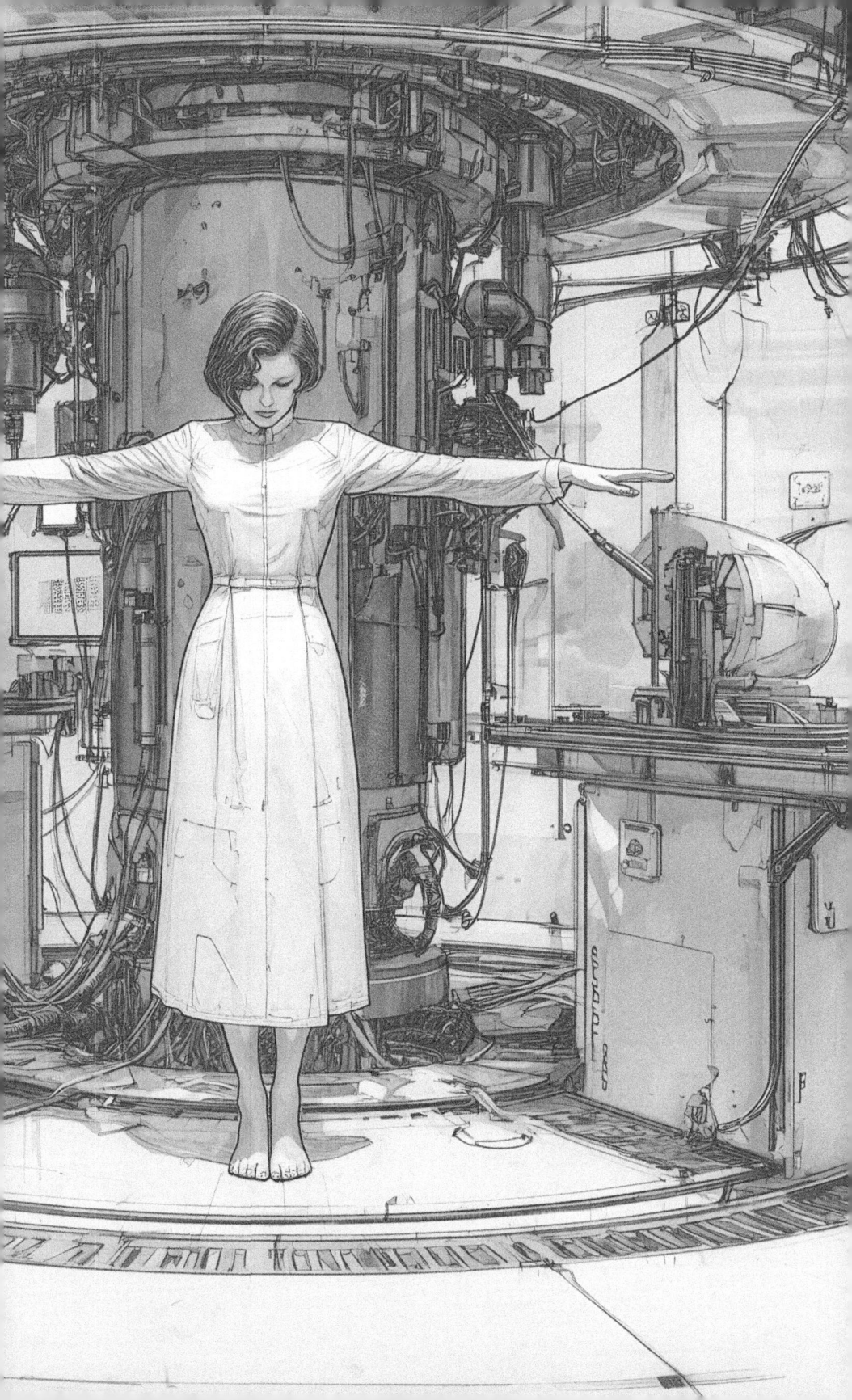

Tengo algo que contarte

Santiago Casas

> *¡No hay naciones! Sólo hay humanidad,*
> *y si no llegamos a entender eso pronto,*
> *no habrá naciones, porque no habrá humanidad*
> —Isaac Asimov

En un futuro cercano...

Antes de entrar al laboratorio me ordenaron despojarme de aretes, cadenas y de todo aquel metal capaz de invalidar el estudio médico al que debía someterme.

Pasé por un filtro de seguridad, un arco muy alto en donde levanté los brazos y separé las piernas para que el gas acabara con los agentes patógenos que, de no ser así, se colarían a la habitación fría y de paredes blancas. Sobre la ropa aún húmeda por el rocío, me coloqué el traje plástico, popular en esos días. Debía estar cubierta en todo el cuerpo; en la cabeza me colocaron una capucha con careta transparente que se abría quitando los seguros a los costados, así tenía un poco de visibilidad.

Con ese traje me sentía como si regresara de un viaje a la luna. Me ordenaron sentarme sobre el asiento que me llegaba a la altura de las rodillas. Enfrente se hallaba empotrada al muro la gran máquina repleta de botones y luces que destellaban a cada segundo. En el centro se hallaba el lente del tamaño de mi puño que giraba en todas direcciones, parecía detectar todos mis movimientos, hasta que detonó un ruido que era como el zumbido de cientos de abejas volando hacia mí, dispuestas a picarme.

—Tranquila, no se acerque demasiado: el sensor es sensible a las vibraciones y no hemos comenzado —dijo el hombre que portaba una bata gris que le llegaba hasta los pies.

Poseía una mirada inocente, como la de un niño en busca de aprobación, muy interesado en conocer cómo me encontraba, por un momento lo imaginé como el hijo que se me había negado, a pesar de los avances de la ciencia y años intensos de búsqueda. Pero era imposible que yo, a mis treinta y tantos años, fuera su madre.

Sujetó mi mano con delicadeza, su piel era de una suavidad sorprendente. Lo apreté con fuerza.

—Por favor, colóquese a la altura del lente y tomé asiento —ordenó él y una sonrisa se dibujó en su rostro.

Me coloqué en el asiento y esperé atenta la siguiente indicación, además se me prohibió parpadear mientras luz roja que salía del gran lente recorría cada rincón del ojo. Debía mantenerme muy quietecita mientras luchaba contra mi instinto de gritar y salir corriendo aun cuando era indoloro.

Apreté la mano contra mi vientre, sintiendo entre los dedos el ombligo que para entonces era una protuberancia saltona. Así tal vez conectaría con él y olvidaría el vacío que anidaba en mi pecho.

Aunque era un examen bastante común, presentía que esta vez era distinto.

La máquina cesó. La lectura del iris terminó.

Me quité aquel disfraz y con dificultad me sostuve de pie, víctima de las náuseas matinales que detestaba. Arrastré los pies entre el torbellino de batas blancas, buscaba la máquina expendedora más cercana, oprimí el número trece, el sonido acompasado volvía más lenta la agonía. Al fin cayó el pastelillo de chocolate, mi postre preferido.

Cerré los ojos y saboreé cada bocado, esparciendo los trozos con la lengua, como cuando era una niña y lo comía en las contadas ocasiones en que mi madre me lo permitía, gracias a mi buen comportamiento en la escuela.

—Paulina, ¿me escucha? —El doctor me miraba fijamente.

Desde su silla aguardaba con una tranquilidad desquiciante, dueño sereno del consultorio en el que yo atravesaba un dilema hasta entonces desconocido.

—Es necesario que tome una decisión lo más pronto posible. —Hizo una breve pausa—. Usted no es la única, muchas madres primerizas pasaron por esta situación.

Me esforcé en comprender las frases que salían de su boca directo al abismo de la negación.

En todos mis años de rigurosa educación, la palabra abortar fue un sinónimo de pecado, de ignominia, aunque en casos como éste, mi familia con seguridad se permitiría una excepción.

—¿Y bien? —A través de los gruesos lentes esperaba la respuesta.

No la tenía. Me dio el tiempo que consideró suficiente para meditarlo, después de todo no tomaría la decisión sola, necesitaba la opinión de alguien más, alguien especial.

El día que me casé fue un sueño, con una ceremonia a la orilla de la playa, con todos mis amigos presentes, mis padres atestiguaron orgullosos el triunfo de su hija.

—¡Ya lo tienes! Por fin te unes a un hombre de buena posición, católico y, sobre todo, blanco. Con Rodrigo no te va a faltar nada, están hechos el uno para el otro. ¡No lo dejes ir! —aseguraba mamá.

Solo fue cuestión de tiempo y de un buen arreglo prematrimonial para terminar en el altar. Yo era la envidia de todo nuestro círculo social: Rodrigo había conseguido el puesto de CEO de una de las trasnacionales que se instalaron en el país atraídas por las facilidades de inversión y la mano de obra especializada, gracias al auge posterior a la última gran pandemia. Sin darnos cuenta, el país se convirtió en el nido de tecnología de punta, el nuevo Silicon Valley.

Deambulé por todo el hospital, como un espectro escapando de los cuestionamientos: ¿Cómo iba a contarle a Ro, que su primer hijo varón no se convertiría en el heredero que soñó?

Me apoyé sobre la pared para no perder el equilibrio, producto de los constantes mareos, casi sentía como la marea de batas blancas que corría frente a mí, me lanzaba esa mirada inquisitoria que se clavaba directo al corazón, parecía que el mundo conocía mi dilema.

—Todo el personal a urgencias. —Se escuchó fuerte y claro a través del altavoz.

En segundos el piso quedó desolado, excepto por la enfermera que cargaba a un recién nacido, en la piel blanca de la muñeca portaba el diminuto brazalete azul. Cuando la mujer pasó por la luz de una lámpara incandescente, me estiré como pude para leer el nombre.

La seguí hasta el elevador, las puertas se abrieron y una enfermera dentro la saludó con efusividad.

—¿Cuántos turnos te faltan?

—Es el último, ya no aguanto esta mierda —suspiró.

Las dos guardaron silencio para después fundirse en una risa sonora que despertó al bebé que, impetuoso, reclamó la interrupción de sueño con un grito agudo y penetrante. Ella intentó calmarlo hasta que él cedió y así su compañera la puso al día con los últimos chismes del congreso de biogenética celebrado el mes pasado.

Me ignoraron por completo, absortas en su propio drama, yo me enfoqué en el numerador del ascensor que caía en picada, hasta que se detuvo y las dos huyeron a toda prisa, tratando de perderme de vista.

Era un ambiente distinto, sorprendentemente silencioso para ser parte de un hospital, caminé algunos pasos por el pasillo, podía gritar y nadie me escucharía, la sangre me helaba por ese túnel. Tanta soledad me asustaba.

De pronto, una luz tenue iluminó mis pasos, di vuelta a la derecha y seguí hasta la sala de incubación, de paredes transparentes desde donde observaba a la decena de capullos criogénicos dispuestos en fila. La mayoría vacíos, en espera de sus futuros ocupantes, solo uno se conectaba a la matriz que salía del techo, les proveía oxígeno a través de los múltiples tubos que los unía. Aunque se hablaba de este sitio, nunca antes lo presencié. Nuestra medicina había llegado a tal punto que, por medio del análisis ocular, en particular del iris, se detectaban malformaciones y enfermedades congénitas, incluso era posible predecir la edad en la que se activarían tales padecimientos, todo esto antes de nacer. Algunas parejas confiaban en el poder de la naturaleza y se dejaban llevar por el romanticismo del pasado, en claro desafío a la ciencia, se abstenían de los estudios del iris, dejando al destino lo que pudiera ser un futuro bien planeado.

Esos niños se encontraban en la sala, monitoreados día y noche hasta que los daban de alta. Al centro, dormía con placidez el bebé del brazalete, dormía enroscado dentro del capullo gigante, lucía tan pequeño, cerraba con fuerza los ojitos y apretaba el puño con fuerza, su cabello rubio escaso apenas se distinguía sobre la piel amoratada.

Me preguntaba si algún día vería de esa forma al ser que crecía dentro de mí.

—Es un varón. —El doctor leía su informe en su dispositivo portátil.

No contuve las lágrimas. Terminaban años de dolorosos tratamientos de fertilidad, el reloj biológico ya no me favorecía, y pese a los avances genéticos mis posibilidades eran reducidas.

No podía esperar más.

—Tu hijo tiene un 60% de probabilidades de desarrollar problemas cardíacos a partir de los treinta años —continuó—. Miopía y astigmatismo corregibles con cirugía. Su salud es aceptable, con una esperanza de vida de 70.4 años, aunque el informe arroja algo más... —Se quitó los lentes y limpió su frente con un pañuelo.

—¿Qué tiene mi bebé?

El hombre suspiró, cauteloso de pronunciar las palabras prohibidas, el temido discurso. Se inclinó sobre el asiento para acercarse y bajó la voz en tono aún más pausado:

—En los últimos meses, hemos atendido un número creciente de embarazos en donde el feto es portador de una gran cantidad de hormonas femeninas —carraspeó—. Por lo que es muy probable que, al nacer, tu hijo se vuelva... ¿Cómo decirlo? —Titubeó.

Las palabras cesaron. El silencio se infiltró como la neblina tenue que inunda cada rincón a su paso. Intentaba adivinar lo que me diría. Él deseaba que diera con la respuesta antes de decirlo y ahorrarse el trago amargo.

Los segundos se transformaron en siglos.

—Existe una probabilidad muy alta que su hijo sea homosexual —lo dijo así, tajante, no podía callarlo más.

El ceño de mi rostro se arrugó con esos surcos que odiaba y combatía a cada semana con sesiones de impulsos eléctricos de bajo nivel que alisaban la piel.

—Quiero ser muy claro: es una decisión de los padres, pero la gran mayoría de parejas en esta situación decidieron abortar.

Me dio la impresión que la expresión en mi rostro lo conmovió:

—Conozco su caso y sé de las dificultades que pasó para quedar embarazada.

El cansancio en mis hombros cayó como el plomo, mis labios quedaron secos, mis ojos se opacaron y los desvié hasta el escritorio repleto de las fotos familiares del doctor, quizá los niños sonrientes disfrutando de la playa eran sus nietos. Me preguntaba cómo se lo diría a Rodrigo, ¡con la ilusión que le despertaba este hijo! Regresé la vista a mi interlocutor.

—¿Cómo pueden saber eso? —pregunté.

El hombre se relajó, puso las manos detrás del cuello, lo peor había pasado:

—Un estudio reciente dio como resultado que después de eventos traumáticos en nuestra sociedad como terremotos, pandemias, catástrofes, etc., muchas mujeres elevaron la producción de estrógenos, lo que generó que sus cuerpos, física y biológicamente estuvieran más receptivos para la reproducción y esto se tradujo en un aumento elevado en la tasa de embarazos. Con lo que no contábamos era que esto ocasionara... la condición que ya le mencioné —suspiró—. Si su decisión es tenerlo, está en todo su derecho. —Se encorvó y entrelazó los dedos—. Piénselo, pero no por mucho...

La enfermera entró al cuarto de incubación, de reojo miraba por el cristal, recelosa de mi presencia, preguntándose si yo sería la madre del niño que cuidaba. Yo pasaba las manos sobre el vientre, buscando en lo profundo de mi mente una explicación plausible.

Seguro existía alguna...

La cabeza me daba vueltas, me tapé la boca para contener el vómito que empujaba con fuerza. Ante todo, debía mantener la compostura.

Imaginé cómo sería la personita que pronto nacería, su sonrisa, su forma de andar, a qué rama de la familia se parecería. Pero no estaba sola en esto, para Ro era de suma importancia contar con un sucesor que siguiera sus pasos, que fuera como él, que gustara de las carnes asadas los fines de semana y pasara el tiempo con sus amigos empresarios para vanagloriarse de cómo el mundo caía rendido a sus pies; que al crecer se convirtiera en el partido ideal para una joven casadera y de buena posición.

Retrocedí unos pasos para observar las lámparas que se mecían a lo alto. La alerta sísmica estalló con estridencia. Toda la estructura se cimbró, era como si la tierra se abriera a mis pies, me alejé de la vitrina de cristal que estalló en pedazos. Todo el mundo salió disparado por las escaleras de emergencia, en unos segundos me encontraba sola frente a la pequeña alma prisionera que gritaba a todo pulmón.

El temblor cesó.

Me levanté y corrí hacia él, no podía abandonarlo. Los pedazos de concreto caían en medio de una maraña de polvo. Desesperada forcé la puerta, pero estaba atascada, la neblina obstruía el panorama, así que me guié con la mano, tocando los muebles que hallaba a mi paso. El llanto de la criatura se hacía cada vez más potente. En el centro del lugar lo encontré, su piel amoratada se hinchaba del dolor, apenas si abría los ojitos. Sobre el plástico caía una gruesa capa de polvo, con cuidado retiré los trozos que estaban encima, lucía sin daño aparente. Deseaba traspasar el duro plástico y sacarlo de ahí, decirle que todo estaría bien, que de ahora en adelante yo lo cuidaría, que me convertiría en su madre de ahora en adelante.

Busqué con desesperación una forma de abrirlo, pero temí causar más daño. Me quedé contemplándolo hasta que la enfermera llegó a toda prisa, apartándome del camino, con un control remoto removió los seguros de la cápsula, desconectó el tubo que lo unía y sacó al niño colocándolo en un capullo portátil, donde revisó sus signos vitales. Aún seguía con vida.

Me quedé congelada, sin saber qué hacer o qué decir, mi cara estaba cubierta por la pasta formada por el llanto y el polvo que seguía cayendo.

La alarma contra incendios se activó y en unos segundos quedé empapada, la luz roja iluminaba todo el lugar, haciendo más sublime la escena, para ese momento la mujer se había ido con el bebé.

Con lentitud subí varios pisos hasta la salida, era un camino frío y desolado, en las paredes del edificio se veían las grandes grietas y los restos de pintura cubrían el piso. A la entrada del hospital el grupo se aprestaba a combatir el fuego que parecía originado en uno de los pisos superiores.

Uno de los bomberos me preguntó si necesitaba atención médica y apenas pude responder. Minutos después me tomaban el pulso y mis signos vitales en una unidad improvisada para estos eventos. Aunque en estado de shock, nuestra salud se mantenía.

El pánico en las calles era evidente, se trataba de un temblor de diez grados de intensidad, pese a que en las últimas décadas se habían intensificado en cuanto a intensidad y magnitud, no dejaba de ser un hecho sorprendente y desquiciante.

En cuanto pude me escabullí a un rincón solitario y apartado. Llevaba encima una cobija térmica para combatir los escalofríos, conecté mi dispositivo móvil al oído y en seguida comenzó a marcar.

No contestes...

El timbre terminó.

—¿Ro?

—¿Qué quieres? Te dije que no me llamarás, estoy en una reunión con los de California.

—Hubo un terremoto en el hospital. Acabo de salir.

—¿Qué pasó? ¿Cómo está el niño?

—Justo por eso te llamo.

Mi ojo derecho no vibraba con ese extraño tic que me atacaba en los momentos de tensión, dejé de morderme los labios, como acostumbraba para contener la ira reprimida.

Me sentía segura, llena de una firmeza que no conocía.

Bajó este nuevo manto, atiné a pronunciar con convicción:

—Tengo algo que contarte.

Santiago Casas

México, 1986. En 2024 fue seleccionado con el cuento «Una visión milagrosa» para el fanzine número cuatro del colectivo Delfos, proyecto realizado por Miguel Almanza.

Ha tomado diferentes cursos de cuento, análisis literario, horror gótico y japonés. Participó en el taller de Literatura en lenguas originarias del creador Kalu Tatyisavi.

Recientemente fue seleccionado con el cuento «Esa noche» para la revista *El nahual errante*, en la convocatoria homenaje a Horacio Quiroga.

Actualmente trabaja en un ambicioso proyecto de novela.

Instagram: @santiago.casas86

Cuenta regresiva

Karina Orozco

Nunca pongas a un hombre a prueba cuando no tiene nada que perder. Lo leí alguna vez en una de esas viejas revistas de drama, cuando yo todavía era un hombre completo, antes de la *crio* y la rebelión.

Estos bastardos jamás debieron subestimarme.

La ironía es que acabaré en el mismo búnker donde toda esta mierda comenzó. ¿Y todo por qué?, por culpa de los malditos localizadores pegados al trasero.

Acerco la mano al botón mientras él atraviesa la puerta de cristal reforzado. Lleva un arma. Me apunta al pecho con ella. Conozco sus intenciones, pero creo que él aún duda de las mías.

Las alarmas iluminan en rojo los pasillos. Suenan desaforadas. Los guardias que me custodiaban, se han ido. Escucho al personal que se atropella para alejarse hacia el desierto. El bastardo se detiene frente a mí y sube el arma hasta mi cabeza. Me ordena que no lo haga. Sonrío con libertad. Hacía tanto que no me sentía tan ligero, que disfruto del instante y de su miedo. Quiero que me mire a los ojos. Quiero que suplique tal como yo lo hice y, cuando vea que no hay retorno, me verá sonreír y eso es lo último que su mente grabará mientras oprimo el botón.

Hace dos días yo lidiaba con los problemas comunes de un lisiado en un apartamento apretado. Vivía en el onceavo piso de un condominio casi en ruinas en el Sector Cinco de la Metrópolis, un lugar olvidado por el gobierno y las revueltas de los insurgentes, apartado del ruido y las luces brillantes. Recién habían reparado el ascensor, por lo que esa tarde iría por provisiones y unas refacciones que necesitaba para el generador que ya chirriaba como ronquidos de morsa. El centro de acopio estaba unas cuantas calles arriba. No perdería más de una hora y volvería para el noticiero de las siete treinta, justo antes del toque de queda. Cuando me alisté para salir, sonó el teléfono.

—¿Sí?

—Gandur, ¿ya lo tienes? ¿Terminaste el algoritmo? —dijo un hombre de voz gruesa.

—¿Quién habla? —No era el mismo de siempre. Este tenía un acento sudamericano.

—Eso no importa. ¿Lo tienes? ¿Tienes el programa?

Tardé en responder.

—¿Gandur?

—Lo sé. Te escuché. La respuesta es aún no, pero lo tendré en unos días. Solo faltan algunos códigos que debo descifrar.

—¿Unos días? No, Óscar. Tienes sólo un día más, si no, el trato se cancela y se lo daremos a otro.

—¿Qué? ¡No! Llevo meses en esto. Casi no he dormido. ¡Maldición, les he dado mi vida! Ustedes me lo prometieron.

—Ya lo escuchaste, Óscar. Olvídate de tomar el sueño profundo. Si mañana domingo no lo ejecutas antes de las diez primeras horas, se anula el trato. No tendrás la muerte que quieres. Morirás de hambre en esa silla de ruedas. Se apagará el generador. Agonizarás antes de lograr morir y no verás castigados a los que mataron a tu familia. Piénsalo. Un día más.

Colgó.

En realidad, el algoritmo sí estaba terminado, solo faltaban detalles, pero aún dudaba de que no fuera lo correcto. No es sencillo convertirse en la punta de la flecha que aniquilará miles de vidas.

Ya eran las seis de la tarde. El sol rayaba el cielo rojizo entre los vapores calientes de las fábricas que se colaban por los pocos árboles que quedaban en las aceras. Salí del apartamento y me dirigí al ascensor. Llevaba una caja encima de mis piernas para las provisiones. Cuando llamé al elevador, escuché una fuerte explosión que provenía de abajo. El edificio se cimbró y algunos cristales se rompieron. Parecía una jodida guerra mundial. ¿Pero quién demonios nos atacaba? Mientras todo ocurría en segundos, me sostuve del marco y esperé a que pasara. El pasillo se llenó de humo y de niebla granulosa. Me costaba respirar. Apenas podía distinguir la alfombra verde atestada de polvo. Regresé lo más rápido que pude al apartamento y accioné el sistema de cerrojos electrónicos. Yo mismo lo había instalado. Era excelente en sistemas.

Me colgué el gafete que me identificaba como Óscar Gandur, miembro del gobierno y programador analista nivel siete. Era el nivel máximo en programación.

En cuanto me sentí a salvo, encendí la pantalla empotrada en el muro y busqué el noticiero. Aún no comenzaba. Ellos debían saber algo de la explosión. Esperé. La temperatura aumentó. Debimos estar entre los 42° y los 44°. Era el maldito infierno en el Sector Cinco. Los gritos continuaban en las calles. Algo ocurría y yo no tenía ni puta idea de lo que era. En lo que sacaba conclusiones y echaba mi imaginación a volar, me cambié la camisa por una sin mangas. Ajusté el clima con el control digital y me refresqué la cara con un paño húmedo. Luego de unos minutos con la cara al aire, me atacaron las náuseas por el vacío. Había olvidado comer. ¿Y ahora cómo diablos me abastecería? Estaba jodido. Hurgué en la alacena cualquier cosa que no tuviera patas, ni antenas, ni estuviera viva. *Voilà*, una lata caducada de embutido me funcionó como desayuno, comida y próxima cena.

Apareció la intro del noticiero. Entraron las percusiones y enseguida, detonaron los colores brillantes.

Dejé de escribir en el ordenador y puse toda mi atención en el reportero, pero nada de lo que decía tenía sentido. Solo hablaba de sandeces y una supuesta manifestación pacífica de civiles en el Sector Cinco de la Metrópolis.

«Sí, sí, lo que digas, maldito mentiroso. ¿Qué hay con la explosión?».

Entraron los patrocinadores y el montón de mentiras que anunciaba el gobierno sobre una vida mejor.

«Si eso fuera cierto, no habría revueltas, malditos obstinados».

No es que estuviera de parte de los rebeldes, los odiaba por lo que hicieron, pero tampoco estuve de acuerdo con el sistema socialista que nos implementaron.

Un día me despertaron de la *crio* después de cuarenta y cinco años dormido. Me metieron un localizador en la mano. Al menos yo sabía dónde lo tenía, algunos no tenían idea. Y, por si fuera poco, ya no caminaba. Una bacteria, dijeron.

Acepté la criogenia durante la pandemia que aniquiló a la tercera parte del mundo. Tenía una familia: Beatriz y mis niñas de diez y ocho años. Ellas eran todo para mí. Las autoridades me prometieron mantenerlas a salvo si yo trabajaba para ellos. Instalé todos los sistemas de seguridad y autodestrucción de cada instalación que me pidieron, eso incluía los búnkeres. Despertaríamos juntos. Esa era la idea, pero vaya sorpresa me llevé cuando Carlos, el médico a cargo de mi recuperación en el búnker, me dio la noticia que devastó mi vida. La rebelión había estallado. Al parecer, no les gustó lo de los localizadores, ni la escasez de agua y comida. Era evidente que tenían que hacer algo al respecto, pero una minoría de ellos se negó a hacer las cosas de manera pacífica y tomaron como rehén a uno de los búnkeres de la *crio*. El gobierno rechazó sus demandas y en consecuencia, los rebeldes asesinaron a todo aquel que dormía allí, entre ellos, mi familia. Meses después, esa minoría logró suprimir el chip. El gobierno me buscó otra vez. Era bueno en mi trabajo y sin dudarlo, acepté, solo puse una condición, que cuando todo acabara y los rebeldes fueran puestos bajo custodia, me durmieran de nuevo y se olvidaran de mí. Ahora los rebeldes estaban en mis manos. *Beatrix-08-10* era mi nuevo bebé e iba a convertirse en su captor.

El noticiero regresó. Más de lo mismo, mentiras y más mentiras. Por fin en la pantalla del ordenador apareció la orden de ejecutar programa. Lo había terminado. Di un golpe al escritorio en señal de victoria. Era el momento de mi venganza. Antes de oprimir *enter*, troné cada uno de mis dedos como si me preparara para dar un *jaque mate* en un maldito torneo de ajedrez. Estaba a minutos de sacar del anonimato a esos insurgentes. Sus localizadores se encenderían en el tablero del gobierno como un maldito árbol de Navidad. Los *serenadores* del gobierno irían por cada uno de ellos y los arrastrarían hasta la prisión donde se pudrirían por el resto de sus vidas, pero olvidé mi debilidad. De pronto, me embargó un sentimiento de angustia. ¿Y, si en la purga moría gente inocente? ¿Cómo viviría con eso? Dudé. Dudé hasta que la culpa se apoderó de mí y retraje la mano que oprimiría el botón. Me mantuve en silencio, con la mirada reacia sobre el dedo que bordeaba la tecla ya desgastada por el uso.

¿En realidad hacía lo correcto?

El portarretrato de mi familia estaba frente a mí. Ellas se abrazaban y me miraban. Imaginé su juicio y lo coloqué bocabajo. No quería que vieran lo que estaba a punto de hacer ni que fueran parte de ello.

«Ya basta, Óscar. No seas cobarde. ¡Déjate de estupideces y oprime el maldito e*nter!* —me gritaba a mí mismo para convencerme—. ¡Hazlo, con un demonio!»

Levanté la vista hacia el reloj láser. Estaba por empezar el toque de queda. El dolor de cabeza martillaba mi cráneo. Tomé la sublingual y esperé que el comprimido se desbaratara con mi saliva.

Entonces, ocurrió lo impensable. Un reportaje captó mi atención.

En vivo desde el desierto en las cercanías del búnker, un grupo de más de cien civiles confundidos es escoltado por las autoridades de la Metrópoli. Nos informan que llevarán a todos a las nuevas instalaciones de K-Génesis, donde se les realizará el protocolo de desinfección. Al parecer, no recuerdan nada. Se presume que podría tratarse de las mismas personas que, en algún momento se supuso, fueron asesinadas mientras dormían en el búnker hace años.

Un filo caliente me atravesó el pecho. La sensación de asfixia me aniquilaba. ¿Qué decía aquel reportero? ¿Era posible que Beatriz y mis niñas estuvieran vivas? Me acerqué a la pantalla. El corazón se desbordaba en latidos. Los drones hicieron *zooms* sobre los rostros de los civiles. Primero enfocaron a las mujeres. Caminaban desorientadas, tal como yo había despertado de la *crio*. Cada rostro equívoco representaba en silencio el desquicio de perderlas de nuevo. Para cuando enfocaron a los hombres, yo ya tenía el corazón partido por la mitad y las lágrimas me rodaban.

Devolví la mirada hacia el monitor. Tenía la pantalla en negro y el comando en blanco esperaba mi orden.

C:\User\ejecutar\Si o No\=Si

Solo debía oprimir *enter*.

Los hombres caminaban en filas dobles. Llevaban en sus hombros huesudos todo el peso del hambre y la zozobra de su destino. Entre ellos, pese a la barba crecida y el cabello desaliñado, me saltó un rostro que me pareció familiar. Estaba seguro de conocer esos ojos marrones.

—¿Carlos?

Hacía meses que no sabía nada de él. El corazón me dio un vuelco. Había sido un gran amigo. En el tiempo que cuidó de mí, hablábamos por horas de estupideces que me hacían sonreír. Se puede decir que fue él quien me sacó de la depresión. Nunca olvidé sus palabras cuando nos despedimos en el búnker: «Para toda infección, existe un antídoto». También me regaló una radio hechiza que él mismo elaboró para comunicarnos, dijo que solo la encendiera por las noches y sintonizara el canal seis, pero después de unos días, su voz que siempre me decía: amigo mío, se perdió en la estática y el silencio. No volví a saber de él. Supuse que había muerto en alguna redada, pero verlo en la pantalla me devolvió la esperanza.

De pronto, solo gritos y detonaciones en el video. Alguien los atacaba. El dron perdía altura y captaba imágenes a la redonda. Un grupo encapuchado corría y disparaba hacia los drones. La arena se levantó como si una horda de animales grandes provocase un tornado en el desierto. La señal se congeló y la voz del reportero se interrumpió por un letrero luminiscente que parpadeaba en verde: *Error 408. Intentamos restaurar la conexión. Lamentamos las molestias que esto le ocasiona.*

—¿Molestias? ¿Qué pasó con Carlos?

Fueron los diez minutos más largos que había vivido. El reportero apareció en el *set*. Tenía el rostro desencajado y la mirada llena de terror, como si alguien le apuntara con un arma a la cabeza.

Con gran pesar, lamento informarles que tanto los civiles, como los Serenadores que los conducían al fuerte, fueron emboscados por un grupo radical de quien se desconoce la identidad —tartamudeó entre sollozos—. *Que en paz descansen.*

En un acto reflejo, lancé con todas mis fuerzas el control contra la pantalla. Apenas logré dañar una esquina. Estaba sobrepasado. Quería destrozar a esos rebeldes y sabía como hacerlo.

Respiré hondo y solo oprimí el botón.

Resonaron las alarmas del toque de queda y apagué luces como todas las noches. Me quedé tan solo con el ordenador encendido. El programa se corría. Ya iba en un sesenta y siete por ciento.

—Vamos, *Beatrix*. ¡Vamos! —la animé con la garganta seca. El ruido de afuera se incrementó al mismo tiempo que la desesperación me ganaba. Le di un sorbo a la botella de agua que me restaba.

En la calle, una detonación. Era un eco ronco. La cadencia del disparo se perdió entre los muros, al igual que la ráfaga que le siguió. Los cristales retumbaron con el tiroteo. Personas gritaban y pedían ayuda.

Estaba convencido de que se lo merecían. Si eran rebeldes, debían pagar.

"Ejecutando programa *Beatrix-08-10* —apareció en la barra del programa—. 99%"

—¡Vamos! ¡Termina de una puta vez y acabemos con esto!

Estaba por lograrlo, cuando otra explosión sacudió el edificio. Me sujeté a la mesa y cubrí la computadora con el pecho y entonces, dejó de escucharse el generador. Tenía que ser una jodida broma. Las tiras del aire se quedaron quietas. La computadora pitó por falta de batería—. Ay, no me jodas. —Le quedaba la última línea. Nunca me percaté de que no había cargado.

Me moví tan rápido como me fue posible entre las cajas y los muebles. Estaba seguro de que en el cajón de la habitación tenía el repuesto de la batería. Cuando volvía, la pantalla se apagaba frente a mis ojos.

—¡No! No, no. ¡Por Dios, no me hagas esto! —sustituí la batería, cuando estaba por encenderla, mi ventana estalló y lanzó cientos de esquirlas de vidrios como si fueran navajas filosas. Me volteé de espaldas para cubrirme el rostro. El zumbido grave de un helicóptero se acercaba. No tenía ni la menor idea de lo que ocurría allá afuera. Y entonces, una voz femenina:

—¿Óscar Gandur?

Una joven delgada, con el cabello rosado y las puntas azules se desenganchaba un arnés atado a la cintura.

—¿Quién eres? —Retrocedí.

—Eso no importa, tú vienes conmigo.

—Claro que no. Solo muerto me sacarás de aquí.

—Trato hecho. —Sacó un arma y me apuntó al pecho. Antes de poder maldecir, accionó el gatillo. El primero me dio en el cuello. Todo se tornó confuso. La voz de ella se distorsionó y su figura se desvaneció como cera bajo el calor. Oí otra detonación. Me dio en el pecho. Todo se volvió oscuridad.

Recobré el conocimiento cuando el sol se metía. El colchón era delgado. Podía sentir la solidez del piso bajo la tela afelpada. Tenía los ojos cubiertos y un aroma rancio flotaba en el ambiente. Esa no era mi casa. Intenté incorporarme, pero un ardor en la mano me sorprendió.

—¿Quieres agua? —me preguntó una voz ronca. No se trataba de la mujer.

—¿Te conozco? —afirmé y sorbí la nariz.

—Sí. Si me conoces, Óscar. No te muevas, te harás daño. Tuvimos que suprimir el localizador por seguridad. Solo es una pequeña incisión en la mano. Sanarás pronto —añadió con un tono amigable.

—¿Carlos? ¿Eres tú?

—Sí, amigo mío. Creo que esto ya no es necesario. —Me retiró la tela de los ojos y me desató las amarras en las muñecas. Tardé en acoplarme a la claridad. Poco a poco la figura diluida de su persona tomó forma.

—Te creí muerto.

—Sí, bueno, —se acarició la barba—, lamento eso. Debía desaparecer. El gobierno me está cazando. Era necesario que pareciera real. Obligamos al reportero a dar la noticia. Fue un truco, solo un truco por un bien mayor. —Se acercó con precaución, tal como si yo llevara un arma encima que le apuntaba.

—¿Te cazan por darme la radio?

Sonrió como si mi comentario hubiera sido un mal chiste.

—No, Óscar, no es solo por eso. Son muchas cosas.

—Pudiste avisarme que estabas bien. Maldita sea, me preocupé. Fueron meses.

—Ya te dije que lo lamento. Han pasado demasiadas cosas que ahora no te puedo explicar, pero ya lo entenderás.

Luego de una incómoda pausa, jaló una silla hacia mi costado y me pidió permiso para sentarse.

—Carlos, ¿qué hago aquí? ¿Por qué me trajeron? ¿Y esa mujer?

—Una pregunta a la vez. Primero, esa mujer es Minerva y es mi mujer, ¿comprendes? Así que trátala con respeto. Ella arriesgó todo para salvarte.

—¿Salvarme? —aguanté el tono burlón—. Se metió por la fuerza a mi casa. ¿Salvarme de qué? Yo no estaba en peligro. Ella me disparó, ¡Carlos! ¡Dos veces! —enfaticé.

—Vamos, Óscar, no exageres. Solo fueron dardos para poderte trasladar. Ya estás a salvo aquí. Las explosiones que hubo en el sector, fueron por parte del gobierno. Las autoridades cortaron el paso en las escaleras del sexto piso y sabotearon el ascensor. Te querían aislado. Ellos sabían que íbamos por ti.

—¿De qué hablas?, ¿por mí?, ¿para qué?

—Aún no lo entiendes, ¿verdad? —negó decepcionado, tal como solía hacerlo cuando me hablaba del monopolio y el hambre en la sociedad. Él hablaba y yo solo pensaba en morir—. Estoy del lado de la rebelión. Para ser más específico, soy uno de los líderes. Y el gobierno te ha mentido siempre.

Algo se me atoró en la garganta. Algo tan grande que llegó hasta mis tripas. Me escocía un ardor que subió por mi tráquea y me quemaba la laringe. Quería escupir fuego.

¿Él había matado a mi familia?

Cerré los ojos mientras las imágenes de mi familia deambulaban en mi mente. Él hablaba de sus proezas y yo solo podía ver su dedo dar la orden de ejecutarlas, como un maldito faraón de la muerte.

—Óscar, tienes que entender que…

—¡Cierra la boca! Por favor, solo lárgate y déjame solo.

Meneó la cabeza y se puso de pie.

—No creas todo lo que oyes. Una vez te lo dije. —Se desarrugó los pliegues del pantalón y con una mueca de enfado, añadió en voz baja—: Está bien. Tienes quince minutos para reponerte y pensar lo que te diré ahora. Para toda infección hay un antídoto, siempre te lo he dicho. Se supone que ejecutarías el programa de localización hasta mañana antes de las diez. Mentiste, ¿no es verdad? Ya lo habías acabado.

—¿Cómo lo sabes? Eso solo lo sabía yo y…

—Exacto —me interrumpió—. Tú y uno de mis hombres. Por eso mismo tenía que sacarte hoy. Más te vale que lo arregles, Óscar, o te juro que tu familia, esta vez, sí pagará las consecuencias. No me conviertas en lo que detestas.

Salió de la habitación tras azotar la puerta.

El vaivén de sus palabras se volvieron un torrente de furia que me desenfocó por completo.

¿Mi familia estaba viva?

No sé cuánto tiempo pasó en realidad, cuando de pronto, se abrió la puerta. Carlos y esa mujer Minerva estaban frente a mí.

—¿Qué decidiste, Óscar?

Las palabras se me atoraron en la garganta. Quería preguntarle por mi familia, pero tenía miedo de hacerlo. ¿Y, si él había mentido? No podría soportar otra decepción. Así que solo negué con la cabeza.

—Óscar, estoy aquí por lo que alguna vez fuimos. Te respeto, pero no soy un hombre de paciencia. Desharás lo que hiciste. No tienes alternativa.

—Dije que no. ¿Qué harás, matarme? ¡Hazlo! Eso es lo que más deseo. ¡Hazlo de una puta vez, maldito asesino de niños!

Su sonrisa penetró en mis entrañas y solo pensé en desbaratarle el cráneo con mis propias manos.

—Mala elección, amigo mío. —Volteó hacia atrás e hizo una señal con la cabeza. Se aproximaban pasos. Eran pesados.

Minerva bajó la cabeza como si de verdad sintiera pesar por mí.

Un hombre corpulento de más de dos metros se agachó para cruzar el umbral. Me apuntó al pecho con una pistola. Supe que moriría. Por fin todo iba a terminar. Cerré los ojos y escuché la última orden de Carlos.

—Hazlo.

Estalló la doble detonación y después, nada.

El frío me despertó sobre la silla de ruedas. Cientos de cápsulas de criogenia yacían frente a mí. Los tubos, mangueras y cilindros se conectaban por el piso y se elevaban hacia los cristales escarchados que cubrían los ataúdes de hielo. Tres filas de ellas y era interminable. Alguien me empujaba por detrás. Las llantas rechinaban con ligereza sobre la lámina del piso. Mi memoria se encendió. Recordaba la cámara y mi propio proceso para despertar. Cada imagen me taladró el cerebro. La nostalgia y el dolor se adueñaron de mi cuerpo. Revivía las emociones: la angustia, el enojo, la frustración y la tristeza. Era un muerto. Un muerto viviente en un cuerpo inservible.

Avanzábamos cuando alguien carraspeó a mi espalda. Era Minerva.

—Anden 3-E, cama 62, 63 y 64. Beatriz, Gala y Miranda Gandur.

La piel se me erizó. Señalaba hacia el frente. Ahí estaban ellas. Quise evitar llorar, pero por más que lo intenté, rompí en lágrimas y el estómago se me estrujó.

—Schhh. Calla. —Me apretó el hombro. No confiaba en ella, pero era lo más gentil que alguien había hecho por mí en mucho tiempo—. Óscar, yo sé lo que es perder a alguien que amas. Despídete. Tienes cinco minutos. —Se le cortó la voz—. Y hazlo en silencio. Carlos podría matarnos a ambos por esto.

Asentí y me limpié la cara con la manga de la bata que me habían puesto. Me despedí de ellas tantas veces en la oscuridad de mi alcoba, que ya tenía el discurso grabado en mi mente, pero tenerlas ahí, frente a mí, a sabiendas de que yo iba a morir y ellas sufrirían la pérdida, me devastó. Solo me quedó decir gracias por tantos momentos memorables que yo me iba a llevar a la tumba. Les dije cuánto las amaba y les pedí perdón. Perdón porque no iba a tomar sus manos cuando él las despertara, perdón por el mundo que iban a conocer y perdón por no habernos ido juntos, como alguna vez se los prometí.

Sonó la puerta abatible detrás de nosotros. Minerva se detuvo y soltó un pequeño gemido de sorpresa. Resonó la puerta de enfrente. Carlos venía hacia nosotros con dos guardias armados y por detrás, otros dos hombres con la misma intención asesina en la mirada.

Carlos aplaudió en pausas. El sonido rebotó contra el metal blanco de las paredes.

—Me decepcionas, cariño. ¿Ya le mostraste a nuestro amigo lo que deseaba?

—Carlos... yo...

—¡Cállate! No te atrevas a decir nada, Minerva. Sabía que no tendrías el estómago para esto.

Volteé hacia arriba para verla. Tenía la cabeza baja y lloraba con los párpados apretados mientras se colocaba a mi costado. Ver aquello me recordó el hombre que yo solía ser. De haber podido, la habría abrazado para protegerla, pero solo tenía mi voz.

—¿Qué no ves que está asustada? Déjala en paz, Carlos. Ella solo intentaba hacerme sentir mejor. —Habría querido levantarme y partirle la cara. Atestar golpe tras golpe hasta deformarle el rostro. Si yo fuera el de antes, las cosas serían diferentes. En primer lugar, jamás habría dudado y hubiera oprimido el botón, pero mi realidad era otra. Era un ser diminuto ante la grandeza de un hombre sin prejuicios ni sentimientos. Un hombre que fue capaz de verme a los ojos, sonreírme y darme la mano en nombre de la amistad, cuando solo deseaba utilizarme—. ¿Qué clase de monstruo eres?

—De los que ya no existen, Óscar. Soy de los hombres que luchan por sus convicciones. De esos que tú nunca llegarás a ser. —Se situó a unos pasos del andén que me interesaba. Era perpendicular. Sus guaruras apuntaban al tablero que monitoreaba las funciones corporales de la cama sesenta y dos. Mi esposa. Si disparaban, ella moriría asfixiada en una tumba helada.

—No lo hagas, por favor. Ten piedad —supliqué con la mirada empañada y el deseo de desaparecer—. Ellas son inocentes. No tienen culpa de nada.

—¿Piedad? ¿Tú me hablas de piedad a mí? Tú que nunca has visto la muerte de frente, ¿qué nunca has visto a las personas llorar de hambre? —Me apuntó con el dedo y por primera vez, vi sus ojos lagrimear. Los cerró y negó decepcionado con la cabeza—. Vives alejado del mundo. Aparentas una vida cómoda en tu condominio de mierda mientras ayudas a esclavizar a los que luchan por la libertad. ¿Quién es la mierda ahora? ¿Tú en tu sillita de diamantes o yo con un arma contra el sistema? Te lo dije, amigo mío. Ellas están vivas, pero no me creíste. Ahora solo dependerá de ti. Deshaz lo que hiciste y te las devolveré. Tan simple como que digas sí.

—No lo entiendes, Carlos. No hay manera de pararlo. Ya tienen tu localización. Es tarde —mentí. La verdad era que ni siquiera sabía si el programa había finalizado su ejecución.

—No lo creo. Para toda infección hay un antídoto. Descarga el maldito virus que detendrá esto. —Le arrebató el arma a su guarura y le apuntó a Minerva, quien sollozaba a un lado—. ¡Hazlo, Óscar!

—No, detente. Espera, por favor. No comprendes. La orden que emití era el antídoto para los rebeldes, ustedes eran la infección. No queda más que esperar. Para ya con esto. Nos condenas a todos.

Su rostro se transformó en una gélida sonrisa.

—Eso debiste pensarlo antes. —Descargó el arma sobre Minerva. Tres detonaciones resonaron en el vacío.

El eco de unos gritos me aturdió. Era yo mismo que suplicaba que parara. Cuando logré moverme y dejé de gritar, Minerva se desplomaba hacia el frente.

—Ahora sabes que no miento y no me detendré. Arregla esto o la siguiente en morir será tu esposa. ¿Me comprendes, Óscar?

Asentí con el llanto ácido acumulado en mi garganta. Uno de los guardias me tomó por detrás y empujó la silla hacia el centro del comando del Búnker. Reconocí el sitio, yo mismo había instalado la seguridad. Dos de los guardias se quedaron conmigo. Me apuntaban a la cabeza, pero no tenían ni puta idea de lo que yo hacía. Solo se veían entre sí, confundidos mientras me veían trabajar sobre el teclado del computador. En cambio, yo sí sabía lo que hacía: me conectaba al sistema operativo vigía. Ahora todo dependía de mí.

Tecleé el último código y esperé la confirmación. Ya se había vuelto recurrente estar frente al botón, pero ya no existían dudas. Entonces, apareció el comando de autodestrucción. Era mi momento. Sin dudarlo, ejecuté el código de advertencia. Las alarmas se encendieron. Los hombres salieron al pasillo que se iluminaba en rojo. Como dije, es irónico que acabaré en el mismo búnker donde todo comenzó.

Me tomo el tiempo necesario y mantengo el dedo sobre el botón. Disfruto del caos que ensombrece el día que de seguro llevará mi nombre. Carlos que acababa de atravesar la puerta, suplica que no lo haga. Veo la desesperanza en sus ojos.

—Mírame, Carlos —ordeno y su gesto impaciente tiembla. Sabe que perdió—. ¡Mírame! Suplícame tal como yo lo hice —susurro con los dientes apretados y lucho por controlar el movimiento de mi mano.

—No lo hagas, Óscar, te lo suplico. —Con lentitud baja el arma con la que me apunta—. Aún podemos resolverlo, por favor. Hay familias enteras aquí. ¡Hay niños, por Dios! ¡Matarás a tu esposa y a tus hijas! ¿Lo has pensado? —El tono de su voz se eleva desesperado sobre las chirriantes alarmas que anuncian lo inevitable.

Sé que el bastardo tiene razón. Sé que no tengo perdón, pero ya no hay vuelta atrás. Nadie debería vivir en un mundo con correa. Nadie, mucho menos mi familia.

Una mueca de horror invade su rostro. Siente miedo.

—Así quería verte, amigo mío.

—¡¡¡Nooo!!! —grita y acciona el gatillo al mismo tiempo que yo con una sonrisa oprimo el botón. Tenía claro algo: no había bando correcto, solo verdugos distintos.

La fuerte detonación reverbera con eco y se expande. Con el rostro descompuesto deja la habitación mientras me maldice. Intenta ganarle a la cuenta regresiva que resuena en las bocinas altas de los pasillos. La sangre abandona mi cuerpo y mi respiración agoniza, pero ya nada importa. Sonrío. Había cumplido mi promesa. Mi familia y yo nos iríamos juntos. No supe si salvaba a alguien o si condenaba a todos, pero al fin, había dejado de ser un instrumento. Si tuviera la oportunidad de volver a nacer, esta vez oprimiría desde el inicio el jodido botón.

Karina Orozco

Guadalajara, Jalisco, 1978. Desde muy niña, percibía la nostalgia y los colores de manera diferente, tanto, que escribió su primer poemario a los diez años. *Libélulas y mariposas*. La experiencia fue lo que la hizo arriesgarse a escribir de manera profesional. Inició en SOGEM. Participó en los talleres «Medusas», «Tejidos de Tinta», «Bestiario de Emociones», «Taller de Novela» «Narrativa Breve», «Narrativa Creativa», «Taller de Terror» y otros más. Publicó los cuentos: «El señor del fuego», «Tras la ventana», «Cinco Minutos», «Confesión» y «Las Voces». Colabora en las antologías: *Mujeres Perversas, Medusas, raíces de obsidiana, Criaturas míticas* y *Sueños del cuervo.*

Instagram: @karina.orozcom

Ahí viene El Chahuicle

Antonio Ángeles

El grito inició donde siempre: en la punta del montículo de chatarra más alto. Primero alcanzó las casuchas cercanas reforzadas con aluminio y cromo. De ahí salieron niños montados en bicicleta que tomaron el papel de emisarios. Pedalearon a toda velocidad por los caminos de tierra; ríos de polvo que separaban los bultos de hojalata. Atravesaron una cortina de nubes grises y continuaron hasta llegar a la base del montículo. Con sus pulmones inflados al máximo, los niños levantaron el mensaje por encima del concreto partido.

De casucha a casucha, de vecino a vecino, el grito se extendió como el fuego, replicándose en orejas y bocas. Se adueñó del Barrio Corazón, un conjunto de barracas similar a un hormiguero. De ahí siguió a la catedral de medias paredes y, por último, cruzó el supermercado vacío que amenazaba con venirse abajo. El mensaje tuvo que recorrer todo aquello para llegar a los oídos de Marta, quien salió al patio apenas escucharlo.

—¡Ahí viene El Chahuicle! —repitió el aviso hacia el páramo seco.

Ella sabía que su grito era inútil; todo lo que precedía a su casucha yacía muerto. Antes, aquello había sido una finca repleta de árboles frutales y ganado, pero ahora bastaba con asomarse por la ventana para encontrar un desierto de kilómetros y kilómetros de polvo púrpura, cubierto por una cortina de nubes que flotaba a unos veinte metros del suelo.

Marta se mordió los labios. ¿Con cuánto tiempo de retraso había recibido el grito? Quizá quince, diez o cinco minutos. Cinco minutos era insuficiente para germinar el frijol o terminar el aseo, pero resultaba crucial ante la llegada de El Chahuicle. «Si tan siquiera Juan me escuchase, si entendiese que ya no somos ricos. Para estas fechas viviríamos en el Barrio Corazón. Allí uno escucha el grito luego luego y no tiene que estar a las prisas», pensó con el estómago hinchado de coraje.

Entró a su casucha. La opulencia se mezclaba con la miseria: al centro estaba la mesa de mármol negro que exhibía platos desechables usados. Una espátula partida a la mitad y un cuchillo oxidado eran los únicos utensilios de una cocina improvisada, en donde se usaba una lonchera con velas a modo de parrilla. La caja fuerte, que antes almacenaba dinero y escrituras de propiedad, ahora protegía bienes más escasos: dos latas de durazno en almíbar y una bolsa de azúcar. Lo que más le disgustaba a Marta eran las paredes: madera perforada por cientos de puntas metálicas. El exterior se protegía con señales de tránsito, puertas de refrigeradores, placas de autos y demás hojalata que se fijaba con clavos. Ese sitio había sido un establo y, aunque Juan se jactase de tener el mejor refugio, Marta se sentía cada vez más como un animal de granja: un ser que solo vivía porque era útil.

Maldijo a Juan, a El Chahuicle y a la cortina de nubes que impedía ver su llegada. Reforzó las ventanas con placas de aluminio y salió al patio para continuar con el ritual de siempre: resguardar sus bienes por orden de importancia. Lo primero en la lista era proteger el huerto. Las plantas valían menos que las gallinas, pero la tierra de cultivo era irremplazable: El Chahuicle la volvía púrpura y estéril. Lo siguiente era encerrar a las gallinas, las únicas que podían sacar algo de provecho a aquel lugar desnutrido, pues comían larvas y moscas grises que muy de vez en cuando salían a la superficie. Por último, restaba meter la ropa que se secaba en el patio; aquello los seguía conectando con la vida de antes. La mayoría de las personas vestía lo que encontraba, desde costales sucios, hasta bolsas de plástico y pañales, pero ellos habían logrado conservar auténticas reliquias; pantalones de mezclilla, camisas y vestidos. «Es lo que nos separa del resto, lo que nos hace humanos», solía decir Juan cada que algún hilo se soltaba o algún botón se perdía. Marta se había vuelto experta en el uso de la aguja para complacerlo.

La lámina del huerto era pesada y escandalosa. Marta la sujetaba con un trapo en cada mano, pues más de una vez se había cortado con aquellos bordes filosos. La asaltó un escalofrío al recordar los borbotones de sangre de la última vez. «Todo por andar a las carreras», suspiró y dejó caer la gran plancha de aluminio sobre cuatro tubos que hacían de columnas. Para afianzarla, atravesó alambres por agujeros ubicados en las esquinas y los amarró a los tubos. «A ver si aguanta. Si no, te vas a quedar sin tragar», le reclamó a un Juan imaginario. Le había dicho cientos de veces que debían cambiar los alambres por cadenas; El Chahuicle era rebueno para romper todo aquello que no fuera metal duro.

Lo siguiente en la lista era encerrar a las gallinas. Marta sujetó la escoba, golpeó el suelo gritando «yiaaaa» y alzó el arma bien en alto. La gallina blanca y la café entraron a sus jaulas de inmediato. Se quedaban cerca cuando se aproximaba El Chahuicle; era como si el instinto les avisara del infierno que se avecinaba. La Pinta, en cambio, corrió en dirección contraria. Se encaminó al páramo y trepó a una señal de «alto» deslucida. Marta colocó las rejas en las jaulas de las otras dos gallinas y rechinó los dientes; La Pinta había sido rebelde desde siempre y cada vez se volvía más mañosa y difícil de agarrar.

Ocultó la escoba tras su espalda y caminó con disimulo hacia el páramo. El viento empolvado le azotaba la cara. Tuvo que cubrirse los ojos con su mano libre para evitar que los granos se le clavaran en las córneas. Se detuvo a un par de metros de la señal de alto. Esperó paciente a que la gallina dejase de verla. Cuando esta se distrajo con una mosca, Marta le dio un escobazo al tubo metálico. La gallina huyó hacia la jaula. Marta la persiguió a toda velocidad, alzando la escoba al aire. Justo antes de entrar a la jaula, La Pinta dio un salto y usó la caja metálica como escalón. Aleteó hasta subirse al techo de la casucha. Marta intentó bajarla con la escoba, pero la gallina se alejó un par de pasos y quedó fuera de su alcance.

Los cacareos burlones del animal le provocaban úlceras. Pensó en arrojarle latas a la cabeza hasta hacerla caer y, cuando estuviese revolcándose por la contusión, torcerle el cuello para que dejase de moverse, de escapar. «Nomás estás viva porque el Juan es bien tragón». Él comía dos huevos al día y ella uno. Si la mataba, Juan le quitaría su parte y la dejaría en los huesos.

Marta apoyó su pie en la jaula. Sus chanclas se resbalaban en la superficie metálica. «Ya no me queda tiempo», pensó mientras se aferraba con los codos al techo de lámina. Estirándose lo más que pudo, dio un escobazo al animal. El ave emitió un sonido sordo, como de pelota sobre clavo. Después, atacó a Marta extendiendo sus garras.

Durante el forcejeo, el pie derecho de Marta se atoró con la reja de la jaula. Ella se fue hacia atrás y su espalda azotó contra el suelo. El aire abandonó sus pulmones; tuvo que jadear hasta que recuperó la respiración. El cielo mostraba los mismos tonos apagados de siempre. Marta se talló los ojos; extrañaba el sol de su niñez, el que se dejaba ver desnudo. Le sorprendía que el frijol y el maíz pudiesen sobrevivir con una luz tan tenue.

El ave profería cacareos entrecortados; se había atorado entre la pared y la jaula. Solo eran visibles sus patas agitándose al aire. Cuando Marta se levantó, un dolor punzante en el tobillo la hizo trastabillar. «¡Ya me terminó de joder! ¿¡Cómo le voy a hacer a la siguiente!?», se preguntó con más ira que miedo.

Cojeó hacia la gallina. Se le hizo agua la boca con el recuerdo de los tacos de pollo que le preparaba su abuela. Siempre los acompañaba con una salsa molcajeteada. «De tomate y chile del monte, con trocitos de cilantro y ajo crudo». Mordió sus labios anhelando aquel castigo delicioso. «Esa era comida de a de veras, no como el frijol sin sal y el maíz tieso de todos los días».

Tomó a la gallina de las patas y tiró con fuerza para liberarla. El animal salió agitando las alas. Gritaba y soltaba plumas en todas direcciones. Marta casi se cae de nuevo, pero consiguió asirse de la reja oxidada de la jaula. Aguantó los picotazos en su muñeca y arrojó al animal dentro. Cuando aseguró la reja, se sentó un momento para descansar. «Aún no terminas; falta la ropa».

Un golpe en el techo de lámina llamó su atención. Apurada, se arrastró dentro de la casucha y cerró la puerta. Segundos más tarde, el techo se sacudió con lo equivalente a una lluvia de tornillos. Después, rasguños: el sonido de patas diminutas que buscaban atravesar el metal. Marta permaneció sentada en el piso. Tomó un trapo usado de la mesa y con él se secó la frente sudorosa. «La ropa, Dios mío, la ropa». Necesitaba ir por ella, pero sabía que salir durante El Chahuicle era un suicidio. El tiempo de espera le parecía eterno. Rezaba con todas sus fuerzas porque las prendas estuviesen a salvo.

Cuando cesaron los ruidos, salió al patio. El aire estaba limpio; sin polvo. De la ropa del tendedero solo quedaban los restos de dos prendas. Marta se acercó y recogió tiras de tela que antes habían sido su vestido blanco con lunares rojos. Un trapo duro, correoso como cuero de iguana, era lo que quedaba de los pantalones de mezclilla de Juan. «Necesitamos ropa nueva». Marta llevó los desechos a la cocina. Sacó hilo y aguja de un cajón. Remendó en automático un círculo que no servía para vestido ni pantalón. Las lágrimas mojaron la prenda; aquello lucía horrible. Imaginaba el rostro arrugado de Juan, la quijada temblorosa por el coraje, el bigote mal cortado bailando con la fuerza de sus gritos. Esa noche recibiría una golpiza.

DESPERTÓ CON UN PITIDO agudo en los oídos. Restos de botellas de vidrio rodeaban su cara y las patas de la mesa. Había dormido en el suelo. El ojo izquierdo, hinchado por los golpes, apenas distinguía borrones grises. El tobillo derecho palpitaba con espasmos ardientes. Vestía la misma blusa de ayer, solo que ahora con manchas de sangre dispersas en el área del cuello. Cuando se levantó, los dolores aumentaron. Se aferró con una mano a la mesa y con la otra sostuvo sus costillas; le tambaleaban como dientes flojos.

Juan aún roncaba en la cama. La baba se perdía en su bigote sucio, manchado de polvo púrpura. «Un corte rápido, eso es todo. Ni lo va a sentir», se dijo Marta mirándole el cuello perlado en sudor. Reculó hasta el cajón de utensilios. Observó su único cuchillo, un cacharro desgastado por el óxido, y suspiró; aquello no le cortaría la piel, mucho menos llegaría a las venas. Dejó el cuchillo y tomó una canasta. Salió de la casucha dando brincos para mantener su pie herido lejos del suelo. Necesitaba tener listo el desayuno antes de que Juan se despertase.

Recogió los huevos de la gallina blanca y café antes de liberarlas. Al acercarse a la jaula de La Pinta, su estómago se llenó de electricidad. «Ojalá que no hayas puesto, cabrona». Aquello sería la excusa perfecta para torcerle el pescuezo y hacerle pagar por lo de su tobillo, por la golpiza que le metió Juan.

La Pinta había dejado el huevo frente a la reja. Era el más grande y limpio de los tres. Marta gruñó. Tomó el huevo, pero la dejó encerrada; quería castigarla.

Renqueó hacia las plantas. Arrancó una mazorca y se debatió entre quitar o no la lámina que protegía el huerto; estaba segura de que sus dolores le dificultarían volverla a colocar. Las hojas de la planta de frijol lucían amarillas y secas. Marta inspeccionó el cielo. Le parecía que el brillo de los días se desvanecía. «¿Cuánto tiempo sobrevivirán las plantas? ¿Cuánto más sobreviviré a esto?».

Desató los alambres y deslizó la pieza metálica hacia la derecha. Un tirón en su costilla hizo que soltara la placa. La lámina se precipitó contra el suelo; cada doblez era un trueno. Marta se llevó las manos a la boca. Rogaba que aquello no hubiese despertado a Juan.

Entró con los huevos y el maíz en su canasta. Juan estaba a la mesa, respirando con pesadez. Marta caminó a la cocina mirándose el tobillo hinchado. Como de costumbre, Juan evitaba darle los buenos días después de una noche de golpiza. Su sudor era penetrante: olía mucho a alcohol.

Marta colocó un sartén sobre la lonchera de metal y encendió velas para calentarla. Meneó con la espátula rota unos granos de maíz y, cuando este se hubo dorado, vertió agua hasta la mitad del sartén. «Veneno para ratas, ojalá esto fuera veneno para ratas», pensó mientras quebraba los huevos sobre el maíz.

Sirvió el plato con comida y fue a la ventana. Su mirada se perdió en el horizonte interminable. Quería escapar, adentrarse en el desierto púrpura hasta que se le rompieran las chanclas, pero sabía que Juan la encontraría de una forma u otra; siempre conseguía lo que quería.

—¿Vas a desayunar? —refunfuñó Juan con la boca llena.

Marta contrajo los labios; quería protestar de la única forma en la que tenía permitido: con silencio.

Juan carraspeó. Escupió un gargajo al suelo y salió al patio con pisadas duras, cargadas de ira. Marta se mordió la uña del dedo pulgar. Se sentía débil; los nervios le provocaban náuseas. Sabía que Juan planeaba algo y le faltaban fuerzas para defenderse. Fue entonces que la escuchó; una frase aguda, delgada y esperanzadora como el canto de los extintos gorriones. «Ahí viene El Chahuicle», las palabras llegaron atenuadas por la pared reforzada de aluminio; era imposible que Juan hubiese escuchado. Marta iba a pedirle a Juan que colocase el protector para el huerto, pero se detuvo al observarlo entrar con la gallina pinta sostenida del cuello.

El ave se retorcía; daba espasmos por la falta de aire. Marta se vio reflejada en los ojos acuosos, desesperados. Vio en ellos las mismas ganas de escapar. Juan tomó el cuchillo y colocó la cabeza de la gallina en la mesa de mármol. Marta iba a gritar «no» cuando Juan dio un corte limpio, mortal. El cuerpo cayó al suelo. Dio unos aleteos antes de detenerse. Marta se sostuvo las costillas lastimadas. La falta del huevo diario, las plantas marchitándose y su cuerpo agonizante; todo apuntaba a que moriría si se quedaba allí.

—Para que no tengas excusas —espetó Juan antes de comer otro bocado de huevo.

La cabeza degollada miró a Marta y cerró el pico, como dictándole una última instrucción. Marta agradeció en silencio y tomó el trapo sucio. Limpió la sangre de la mesa muy despacio, cuidando de no acabar antes que Juan. Cuando él hubo comido su desayuno, Marta le señaló el pantalón; la cabeza de la gallina se lo había manchado de sangre. Marta le pasó el trapo con suavidad, fingiendo dulzura y devoción.

Juan salió sonriente, entonando un silbido juguetón. Marta esperó a que él se hubiese alejado lo suficiente para cerrar la puerta y mover la mesa junto a ella. La empujó con todas sus fuerzas, lastimándose más el tobillo y las costillas. Juan intentó entrar a los pocos segundos; giró el pomo, pero la mesa bloqueaba el movimiento de la puerta. Juan profirió amenazas de muerte. Las patadas que le dio a la puerta coincidieron con los primeros signos de El Chahuicle; el golpeteo metálico en el techo de la casucha. Juan forcejeó por unos segundos más; patadas y puñetazos. Después, silencio: solo quedó el ruido persistente de las garras de El Chahuicle. Marta contuvo el aliento, expectante; Juan era demasiado testarudo como para morir tan pronto.

El estruendo del cortinero cayendo le hizo girar la cabeza. Un brazo del que se asomaba medio hueso buscaba entrar por la ventana. Marta se apresuró hacia él. Sujetó el protector de metal y empujó con fuerza. Los gritos de Juan pasaron de reclamos furiosos a aullidos agudos. Sus uñas rasgaban el aluminio con más intensidad que El Chahuicle; por momentos lograba colarse la mitad de un dedo carcomido. En el exterior, gárgaras de sangre, después, el sonido de El Chahuicle contra la carne; mordiendo, mascando, escupiendo, tragando.

Cuando terminó, Marta se asomó por la ventana. Vio los restos de media persona; Juan hasta la cintura, con la columna reventada, deformada por mordidas de hiena; la sangre cuajada, brillando como rubí. Marta lo arrastró adentro. Tomó lo que quedaba del pantalón; hilos pintados de azul, rojo y púrpura. En la caja fuerte, junto al azúcar y las latas de duraznos, estaba la prenda incompleta del día anterior. Marta la combinó con el nuevo material.

Salió a la calle vestida con un top de mezclilla y una falda de tres colores. En una bolsa de mandado cargaba su tesoro; latas de durazno, azúcar y dos gallinas. Sobre el pelo, a modo de broche, ondulaba una pluma pinta que le recordaba jamás dejarse encerrar.

Antonio Ángeles

México, 1990. Reside en Nuevo León, México. Ingeniero en Electrónica y Comunicaciones por la Universidad Autónoma de Nuevo León. Forma parte de la antología *Los sueños de cuervo: La tierra del miedo* (Alas de Cuervo, 2024) con el cuento «La casa de las ventanas rotas». También forma parte de la antología *Menú del día: Selección de bocadillos literarios* (Lorena Amkie 2025) con el cuento «Galletas de personitas». Actualmente cursa talleres literarios y trabaja en sus proyectos de novela.

Instagram: @antonio.angeles.33

Cazadores

Michelle Madrid

Imagina empuñar un cilindro de metal que está sujeto a una muñequera. A su vez, el cilindro sujeta en sus extremos una hoja curva y ancha de metal que brilla por arriba de tu puño. Cualquier movimiento natural se vuelve un corte desgarrador. No es sutil ni limpio, pero sí fascinante. Al menos para mí, por eso las fabriqué y porque tengo dos habilidades: construir armas y el instinto suicida. Podría ser que por este último los Hombres de Ciencia me contrataron.

—Mañana será tu día, ciudadanito. —Bruja Rosa sonríe con presunción, como si estuviera orgullosa de sus pocos dientes negros.

En respuesta, asiento.

Aún no soy parte de ellos, los Cazadores, tal vez nunca lo seré. Tal vez muera mañana, pero como dice Bruja Rosa, hay que saber morir tanto como saber vivir.

Me gusta la libertad y no hay nadie que sepa más de eso que los Marginados y los Cazadores. Los Cazadores tienen sus propias reglas y nadie puede corromperlos. Los Hombres de Ciencia lo saben.

—No le hagas caso a estos... —Bruja Rosa se refiere a los demás Cazadores. Me mira con atención y se sienta en mi futón de cartón—. Mi padre también fue un Ciudadano, y era muy fuerte...

—¿Qué? —Quiero preguntarle: ¿Entonces cómo acabaste aquí?, pero ella parece leerme el pensamiento. Lo veo en sus ojos cansados.

Bruja Rosa encoge los hombros y aprieta los labios en una sonrisa.

—El Gobierno lo marginó, yo aún no nacía. Me crié aquí...

Quiero preguntarle por qué le pasó eso a su padre, aunque ya lo sé. Al Gobierno solo le interesa el poder y el control. Si ya no les sirves te desechan afuera de la Ciudadanía. Te conviertes en nadie para ellos, pero en realidad consigues una nueva identidad que no reconocen: eres un Marginado. Yo conseguiré algo que el Gobierno aún no sabe que necesita, o es lo que creen los Hombres de Ciencia...

De todas maneras, antes de que pueda abrir la boca para formular la pregunta, Bruja Rosa se levanta de un salto, indiferente a esas cicatrices gruesas que rodean sus piernas, ¿no le duelen? Avanza a la salida y en la entrada de la carpa me mira por encima del hombro y agrega con voz grave.

—Duerme un poco, ciudadanito.

Lo intenté. Tal vez dormí un par de horas, no estoy seguro. Soñé atravesar el laberinto de basura sin encontrar ninguna criatura. Tuve que regresarme y buscarlas. Olía a sangre, me preocupaba que fuera mía, el olor era demasiado intenso. Entonces la vi, una figura enorme y oscura como la sombra de una de las torres de chatarra más altas del laberinto. Volteó a verme o eso parecía porque no tenía cara, pero toda su masa se dirigía hacia mí. ¿Mis fabulosas muñequeras funcionarían? ¿Podrían cortar las sombras? El instinto suicida hizo correr mis piernas hacia la muerte, pero no me iría de este mundo de mierda sin luchar. Dibujé con los brazos cortes en diagonal, de abajo a arriba, de arriba a abajo. Los puños emblanquecidos dirigían el filo hacia el enemigo, una criatura hecha de sombra, como mi ignorancia. De pronto, una hoz me atravesaba la espalda y la punta salía por mi abdomen. Se sintió fría, aguda, pero no había dolor. Tal vez otro hubiera despertado después de eso; en cambio, admiré mi muerte y pensé en los Hombres de Ciencia. Se quedarían sin lo que me pidieron. ¿Podrían conseguir a alguien más apropiado para el trabajo?

Ahora, mientras el sol calienta la tierra agrietada y vacía de los márgenes de la Ciudadanía, vamos en camino a los laberintos y me pregunto por aquello que nadie quiere hablar: ¿cómo se ven esas criaturas?, ¿de dónde salieron o quién las creó? Reponerse a la sorpresa, es el mayor logro de tu enfrentamiento. Por eso, nadie te lo dice.

Uno de los Cazadores conduce mientras Bruja Rosa y yo estamos en el remolque, en silencio. El resto de ellos se quedaron en el campamento. Mi iniciación no es interesante para nadie: otro idiota de la Ciudadanía que se rebela a la vida controlada del Gobierno a cambio de un confort ilusorio; otro idiota que morirá porque hay habilidades que no se pueden aprender de la noche a la mañana, se nace con ellas y alguien nacido en la Ciudadanía no es un candidato. No se equivocan del todo, pero los Hombres de Ciencia tienen fe, la necesitan. Después de que intentaron sobornar a los Cazadores, cientos de veces, sin ningún resultado positivo, para que les consiguiera ADN de las criaturas y con ello poder controlarlas, me contrataron a mí. Yo soy su última esperanza. Y a mí solo me interesa la libertad.

Me tiemblan las piernas, los brazos, creo que también la boca. Aprieto el abdomen para mantenerme en una pieza, firme hasta que el terreno pedregoso facilita la tarea de esconder mis nervios. En mi imaginación y en mis sueños no sentía la ansiedad que tengo ahora. Tengo miedo, pero estoy emocionado. Quiero hacer esto. Quiero saber morir. Quiero libertad. Es lo único que me queda y lo único en lo que quiero pensar, ni siquiera en cómo llegué a esto...

El sol, que tan cercano e implacable me enrojece el rostro, ahora desaparece como en un acto de magia. En realidad, continúa ahí, pero las altas torres de basura del laberinto lo cubren. Estamos muy cerca.

El conductor hace un giro brusco y las ruedas patinan de un lado mientras las del otro se levantan por la inercia. Bajo la sombra del laberinto, Bruja Rosa encuentra mi mirada, que intenta demostrar una valentía mayor a la que siento.

Paso las manos por mi cara y con ellas me llevo el sudor hasta el cabello. Lo uso para aplacarlo y ajustarlo en una coleta. El conductor voltea a verme desde en frente, acomodando su brazo sobre el asiento de hojalata. Su mirada neutra no me dice nada, pero sé que es lo que piensa. Cree que voy a morir y que me estoy tardando mucho en salir de su camioneta. Además, desaprueba mi cabello largo. Solo algunos Hombres de Ciencia lo llevan así, porque ellos pueden darse el lujo de parecerse a los antiguos sabios. ¿Yo, qué soy? Solo un títere para los Hombres de Ciencia, un «ciudadanito» para los Cazadores, una sanguijuela patética de la Ciudadanía para los Marginados, un número al borde del cero para la Ciudadanía.

—Recuerda... —dice Bruja Rosa mientras ajusta las correas de la mochila en la espalda. Adentro llevo las fabulosas muñequeras, cápsulas de agua y de comida para tres días, un cuchillo carnicero y sal. La sal es excelente para las heridas y para cocinar. También un encendedor y una bolsa de tela en la que guardaré la prueba de mi caza. Y por supuesto, los tubos y jeringas para las muestras de ADN. Ahora, Bruja Rosa se aclara la garganta y agrega—: No esperes a que se oscurezca para buscar un refugio. La oscuridad es absoluta cuando te llega la noche en el laberinto. Las fogatas te mantendrán a salvo, pero también mostrarán tu ubicación, así que: ¡no bajes la guardia! Y por último...

Me voltea como un muñeco de madera y siento sacudirme por completo en el giro hacia ella.

—Sólo trae un colmillo. —Bruja Rosa toma entre sus dedos el colmillo de acero que ella consiguió en su primera caza, de la delgada cadena que le cuelga del cuello—. Nada más. Cualquier otra cosa está prohibida.

¿Por qué? ¿Por qué no pueden hablar? Me vendrían muy bien unos cuantos detalles. Ella dice que lo entenderé cuando enfrente a las criaturas, si consigo salir con vida seré un verdadero Cazador. El acto de iniciación se hace, por sí solo, a través de la supervivencia. Traeré un colmillo. También unas muestras de sangre. El colmillo para convertirme en Cazador y las muestras de sangre para entregárselas a los Hombres de Ciencia, para que trabajen en el proyecto que le dará al Gobierno, algo que no sabe que necesita.

Debe ser mi imaginación, pero el brillo en los ojos de Bruja Rosa se come parte de su pupila y le dibujan la mirada de una víbora, con pupilas hendidas y verticales. Para no darle más importancia, bajo de la camioneta de un salto. Le dicen Bruja Rosa porque ella misma se hizo llamar así, me dijo que era por su piel delicada y porque ama las historias antiguas de las brujas, esas que se comunicaban con los animales y podían convertirse en ellos. Sin mirar atrás, mientras escucho el giro de las ruedas de la camioneta hacia su regreso, imagino a Bruja Rosa convirtiéndose en una víbora.

El laberinto no es sólo más oscuro, sino también más frío. Corrientes de aire producen silbidos entre la chatarra apilada.

Ajusto una de las muñequeras, solo por si acaso, mi imaginación me acorrala en escenas amenazadoras, en cada rincón oscuro, en cada ruido que parece una pisada detrás de mí. Camino alerta, giro a la derecha, luego a la izquierda en cada ocasión, en un patrón que sea posible recordar.

Avanzo por varias horas hasta cansarme. Bajo la guardia ante la soledad del lugar. Si una criatura, amenazadora y terrible, se escondiera aquí ya hubiese salido a mi encuentro, ya me hubiera arrinconado y abierto el vientre o la cabeza. Me dejo caer sobre la tierra, cerca de una monstruosa pared de basura, endurecida por la tierra, la sal y el sol.

Calculo las horas que faltan para la noche, podría caminar hacia el interior dos horas más y luego buscar con tranquilidad un lugar donde armar la fogata.

Afilo las cuchillas de la muñequera con una piedra, es entretenido. Recordar cómo fabriqué cada parte de ellas me llena de orgullo.

Después de afilar cada cuchilla, coloco ambas en las empuñaduras. Cortes diagonales, de arriba a abajo, de abajo a arriba, enseguida, cortes horizontales, luego una lista de cortes sin pensar, con los ojos cerrados, percibiendo el viento, el olor a óxido, a sal, a tierra seca, a... ¿Sangre?

Abro los ojos. Y encuentro a una pequeña bestia. No estoy seguro si es la que busco. ¿Cómo saberlo si nadie te dice cómo son? Se ve inofensiva. Un animalito de otro mundo, parecido a un perro mediano, apenas un metro de altura en cuatro patas, cuerpo peludo, ojos grandes, orejas caídas, hocico húmedo. Sin embargo, sus garras son de acero, muy largas, en cada pata tiene cuatro garras de aproximadamente treinta centímetros. Me sorprende no haberlo escuchado cuando se acercó. Tal vez, confundí el ruido que hacían las cuchillas al cortar el viento. El mismo viento trajo su olor a sangre.

Recuerdo el sueño. La forma de esta pequeña bestia no tiene nada que ver con las sombras, pero su olor era como lo imaginaba. ¿Por qué? No hay rastros de sangre sobre su pelaje. Me mira con atención, tranquilo, como si esperara algo. Me acerco dos pasos para ver cómo reacciona. No se mueve. Es obvio que no me teme.

Indago con la mirada los alrededores. Busco una sombra, como en el sueño, pero no encuentro nada. Preocupado, me siento en el suelo a esperar, no estoy seguro qué, pero por precaución enciendo la fogata y vuelvo a colocarme las muñequeras.

El animal se recuesta cerca de mí sin quitarme la mirada y saca la lengua, larga y bífida, para ventilarse, como los canes. No alcanzo a ver sus dientes o colmillos, tal vez son muy pequeños, como astillas de metal o muy oscuros como su boca.

Tomo una píldora de hidratación y otra de comida. Suficiente para una cena tardía que me mantendrá despierto.

Las noches en el laberinto son frías. El viento se esconde aquí y hace carreras en sus senderos y recovecos. Intento mantenerme despierto, con las muñequeras puestas, los nudillos emblanquecidos, las palmas sudadas, los brazos acalambrados. Las canciones del viento van y vienen a mi alrededor, sin sentido, en silbidos fugaces y molestos.

La fogata crece frente a mí, se mueve como una tela al viento. Parece una lengua, como la de esa pequeña bestia y atraída al cielo. Su calor afecta mis sentidos, me adormece y la oscuridad de alrededor me cobija. Recuerdo a la bestia-perro otra vez, enderezo la columna, asustado y la busco. Apenas puedo ver su silueta a la luz del fuego y sus ojos se han tornado de un rojo sangre. Pienso en las sombras otra vez. ¿Cómo las distinguiría en esa oscuridad?, que se transforman en una sola para ocultarse.

Todo pierde sentido para mí, incluso el hecho de morir luchando. Necesito dormir, porque duerma o no, moriré de todas maneras.

Despierto. Los grandes ojos rojos de la bestia-perro están frente a mí, lloran sangre. Reacciono con violencia en un brinco hacia atrás. Y atrás de mí ya no hay tierra, hay un hueco negro y enorme, como una caverna. Caigo y al sentir el estómago en la garganta, despierto. Pero ahora es un verdadero despertar. O eso creo mientras mi corazón late a toda velocidad y acerco la correa de una de las muñequeras hasta mis dientes para desatarla. En cuanto libero mi mano, tomo un leño de la fogata y lo levanto. Quiero luz para encontrar a la bestia-perro. Y la encuentro, me mira atentamente a la mitad de la distancia que la vi la última vez antes de quedarme dormido.

Ya no tengo sueño. Elaboro antorchas y las entierro alrededor formando un círculo. Es mejor, ahora puedo ver cada rincón.

—¿Qué quieres? ¿Eres tú la criatura que estoy buscando?

Me pregunto si el ADN de aquella criatura puede servirles a los Hombres de Ciencia. Imagino el resultado del arma que podrían sacar de ella. Un humano con los poderes de la bestia-perro. ¿Cuáles son sus poderes? Su lengua bífida tal vez tenga un sentido del olfato más desarrollado como las serpientes. Garras enormes en las extremidades: podría escalar con facilidad. Concentración, observación y obediencia altas. No es amenazador, ni siquiera me amenaza a mí que estoy solo y en territorios extraños.

En el siguiente pestañeo, la noche se acaba y empieza el día. ¿En qué momento me dormí otra vez? El tiempo en el laberinto se percibe diferente. ¡La bestia-perro! La encuentro en el mismo lugar que la vi la última vez, recostada y sus enormes ojos atentos a mí. Las antorchas no son de gran utilidad a pesar de que el sol no puede iluminar de lleno el laberinto. Dejo una muñequera ajustada y con la mano libre guardo todo y apago las antorchas.

Me imagino que la criatura que busco ya sabe que estoy aquí y se acerca con calma. Tal vez, aquella pequeña bestia-perro me resguarda hasta que su amo me alcance.

Después de tomar otra cápsula de hidratación y otra de comida, avanzo hacia lo que creo es el centro del laberinto, donde espero encontrar a las criaturas. La bestia-perro me sigue de cerca, despacio.

Poco después, la tierra tiembla, levemente. La vibración entra por la planta de los pies y sacude todo mi cuerpo de un modo casi imperceptible. Me detengo. Me pregunto, con el corazón casi en la garganta, latiendo a la carrera, si la criatura que busco es la que se acerca. Miro a la bestia-perro y me regresa la mirada con la lengua afuera y las orejas paradas, como si esperara algo, igual que yo. ¿Espera a su amo?

Al regresar la vista al frente, la encuentro: enorme, me dobla la altura, su cuerpo es una especie de araña gigante, con una cabeza peluda, donde lo más grande es su boca, más negra que todo su cuerpo, abierta, babeante, rodeada de colmillos de acero como el que me mostró Bruja Rosa. Las sombras del laberinto son atraídas por su presencia, como si su cuerpo arácnido fuera un imán de oscuridad. Poco a poco, la noche regresa, aunque acaba de amanecer. Presiono el puño en la muñequera ajustada. Mi pecho se eleva y se suprime en un vaivén alocado. Con la otra mano recorro a ciegas la mochila en busca de la otra muñequera. Cuando la encuentro, la empuño, acerco la correa a mi boca, la ajusto usando los dientes. Estoy listo. Acércate y te quitaré un colmillo con un buen golpe de mis muñequeras, tal vez, dos. Imagino que será fácil atinar los golpes a tremendo hocico. Si Bruja Rosa lo hizo con un cuchillo, yo puedo hacerlo. Tal vez ella primero la mató y luego sacó el colmillo. Después de todo, sus cuerpos parecen de carne, músculos, piel, pelos...

La araña gigante se dirige hacia mí. Pienso que su velocidad y su peso me molerán antes de que pueda hacer algo. Se acerca. Pero estoy aquí porque no soy de los que escapan. Soy de los que luchan a muerte. La tierra se agrieta con los golpes de sus ocho patas. Morir no es lo peor que puede pasar... En cambio, ser un sujeto de prueba que reviven para reutilizar, un esclavo de los Hombres de Ciencia para no ser aplastado o desechado por el Gobierno, eso es peor. Ya lo había pensado tantas veces. Ahora lo haré a mi manera. Hay que saber morir... La araña gigante está a menos de un metro de mí. Lanzo dos cortes cruzados con las muñequeras. La criatura se arquea, extiende el espacio. El tiempo y el espacio en los laberintos son de ella, los maneja a su antojo. ¿Cómo pudo hacer eso? Ahora pienso en la criatura como una araña y el laberinto su telaraña. Siempre supo que estuve aquí, el viento envió las vibraciones de mi existencia hacia ella: mis pasos, ansiedad, latidos, y ahora vino a cazarme.

Tiene ojos grandes de pupilas hendidas y verticales, miran a la bestia-perro, le da una señal. La bestia-perro voltea hacia mí, abre el hocico y deja caer la lengua bífida. El hocico se abre y se abre. De su garganta sale una nueva cabeza tres veces más grande y le sigue un cuerpo diez veces su tamaño. El cuerpo aparentemente inofensivo de la bestia-perro, ahora es un traje de carne, fofo y sin vida, en el suelo. La nueva bestia, monstruosa, tiene un hocico de grandes colmillos de acero, las garras de las patas son ahora tres veces más largas que antes, el cuerpo se mueve más lento, pero es claramente más fuerte, su musculatura se marca a través de su piel lampiña. Mis latidos escalan hasta la garganta. Voy a morir.

El monstruo lampiño avanza hacia mí y yo corro hacia él, suicida, como me lo propuse, con las muñequeras de frente. Quiero cortarlo en pedazos, dejar salir la sangre, esa sangre que huelo desde que la encontré o, más bien, cuando me encontró. Le mostraré el poder de mis fabulosas muñequeras. Los Hombres de Ciencia dijeron que era un arma sin valor, arcaica, ideal para los Marginados. Dijeron que el ADN de esas criaturas, bestias, monstruos, lo que sea que hubiese en el laberinto, sería la verdadera arma que necesita el Gobierno.

Corto la carne del monstruo en el pecho, de abajo a arriba. La sangre negra salpica a mi cara. La bestia chilla y gruñe al mismo tiempo, como si tuviera dos gargantas para emitir ambos sonidos a la vez. Preparo la otra mano para un corte horizontal en su cuello. Quiero decapitarlo. Pero el hocico lleno de colmillos se interpone al corte de la muñequera y me atrapa el brazo. Los colmillos filosos me desgarran la piel. Levanto la otra mano para cortar con ella lo que pueda, pero el monstruo me sacude en el aire. Mi brazo cruje y se rompe. El dolor es aturdidor, aniquilante. Mis gritos no liberan nada para aliviarlo. El monstruo me lanza a varios metros por el aire y choco con una pared de basura. El golpe es duro e irregular, duele, pero no se compara con la tortura del brazo flácido, sangrante. No puedo moverme. Esperaré que se acerque, que crea que moriré y lo cortaré en el último minuto. Lo escucho, se acerca. Espero. Un poco más...

El tiempo es diferente en el laberinto, estoy seguro. La araña lo manipula. Hace unos segundos, el monstruo lampiño se acercaba y de pronto, de un instante a otro, simplemente, está ahí, junto a mí. El hocico, parecido al de un tiburón, se abre y amenaza con tragarme. Un manotazo, desesperado, parecido al acto reflejo en respuesta a un susto, logra hacer un corte en su labio superior con la hoja curva de la muñequera. La sangre negra salpica en mi cara otra vez. Algo de ella entra en mi boca, sabe a una mezcla de sangre y azufre, parece tener vida propia, pica. El monstruo lampiño chilla, parece sorprendido, yo también lo estoy. Sangra mucho del pecho y del hocico.

Busco fuerza en las piernas, pero responden lento, temblorosas. El dolor del brazo desgarrado es punzante, como si lo único que lo mantiene unido al cuerpo, son agujas largas que salen de él hacia el hombro, hasta el cuello, por la cara hasta el oído y luego mis ojos y mi cabeza.

El monstruo lampiño arremete otra vez hacia mí y yo lo espero con el brazo sano doblado frente al pecho y el filo curvo del arma de muñequera hacia él. Arriba de mí, el hocico monstruoso se abre el doble de grande. Aunque estirara todo el brazo, no podría alcanzar sus bordes. Entonces, apunto hacia adentro.

¡Trágame y te destrozaré!

La cavidad ya cubre mi cabeza y parte del cuerpo. Frío. Un frío que se incrementa. Muevo con dificultad el brazo para cortar la oscuridad, desgarrarlo desde dentro, a ciegas, pero solo siento el vacío, como si la mitad de mi cuerpo se hubiese asomado por una ventana al espacio exterior. Y escucho a lo lejos: *Elegido*.

El oscuro hocico del monstruo lampiño desaparece. El único rastro de él es la sangre negra en el suelo agrietado, sobre mi cara, mi cuerpo y su sabor picante en mi boca. Aún sin poder creerlo, lo busco. En el suelo, donde antes estaba la piel fofa de la bestia-perro, ahora hay un charco de la misma sangre negra. Y a un paso de mí, la mirada de los grandes ojos con pupilas hendidas y verticales de la criatura-araña.

La criatura-araña habla entonces, en mi idioma, con una voz parecida al susurro del viento entre la basura:

—Te huelo. —Sus palabras me paralizan. Ella continúa hablando en una voz grave, con eco, en frases cortas. Hace una pausa entre cada una, como si las cuerdas vocales trabajaran más lentas que su pensamiento—. Naciste Ciudadano. Familia pobre. Ahora, familia muerta. Experimentos. Hombres de Ciencia. Sobreviviste. Soledad. Buscas muerte. Muerte digna. Libertad...

Subo poco a poco la muñequera, con el puño tembloroso. Sus palabras me arañan la mente, el alma, con recuerdos que no quiero recordar. ¿Cómo sabe todo eso? ¿Ese es su poder?

—Quieres ser...

—Un Cazador. —Completo la frase mientras el miedo acusa mi doble intención. ¿Podría renunciar al deseo de los Hombres de Ciencia?

—Colmillo —dice.

A poca distancia, distingo que sus patas tienen el doble grosor que uno de mis brazos y al final de ellas, hay una pezuña parecida a la de las vacas. Con el hocico siempre abierto, babeante, la criatura-araña acerca la pezuña a uno de sus colmillos. Presiona hasta que un crujido hace eco dentro del hocico.

El colmillo se desprende y salta hacia enfrente, entre la criatura-araña y yo y cae a un palmo de mis pies.

Me inclino a recogerlo. El sudor de la lucha y del dolor me ha bañado el cuerpo y sigue cayendo por mis sienes hasta el suelo, mezclado con la sangre del monstruo lampiño que eclosionó de la bestia-perro y que conservo todavía en la cara y la lengua. En cuclillas, con la vista puesta en la criatura-araña, uso los dientes para quitarme la muñequera. Sostengo el colmillo de acero entre los dedos. Me pregunto: ¿soy un Cazador? Decide darme el colmillo y ahora soy un Cazador, pero no he cazado nada. ¿Entonces era su decisión? ¿La criatura-araña me eligió? La palabra que escuché a lo lejos, mientras me encontraba en el interior del hocico de ese monstruo lampiño, cobra sentido. Si no me hubiese elegido entonces... ¿hubiera muerto? ¿Ahora yo debo elegir vivir como un Cazador? ¿Aferrarme a esa vida hasta olvidar el pasado? ¿Burlarme de los Hombres de Ciencia en su propia cara y decirles que no tengo ni tendré, nunca más, nada para ellos? Envuelvo el colmillo en la mano y levanto la mirada hacia la criatura-araña. Ya no está. Tampoco hay dolor. Mi brazo desgarrado está sano, como nuevo. Una cicatriz gruesa y larga lo rodea desde el hombro hasta el codo, parecida a las que tiene Bruja Rosa en las piernas. La criatura-araña y el dolor infernal se esfumaron como la bestia-perro y su monstruo lampiño. Mi mente recobra la claridad antes de la pelea. Y de pronto, como el viento del laberinto, trae consigo una nueva consciencia. La conciencia se expande y mi mirada cambia. Lo siento diferente. Todo pasa muy rápido. Una parte de mí, de mi antiguo yo, que parece un espectador de aquella consciencia, quiere encontrar el modo de mirar mi reflejo, como si aquello le fuese a dar una respuesta mayor, porque aquella consciencia es infinita, es de otro mundo, es infinita, se expande como un hoyo negro, como el hocico de la bestia-perro, infinita. Mi corazón se acelera y no estoy seguro de poder soportar aquella sensación, esa nueva percepción de espacio y tiempo, de experiencias y recuerdos ajenos, de otras vidas que toman un lugar en cada espacio de mi cerebro, de mi alma y de mi cuerpo. El antiguo yo, busca un espejo entre la basura, y en el camino encuentra la mochila, abierta, con algunas cápsulas de hidratación y de comida fuera de ella, también una jeringa para las muestras. Piso las muestras y las hago trizas, continúo hasta una de las paredes de basura y tomo un pequeño espejo de automóvil. Lo acomodo y lo limpio. Mi reflejo me muestra al mismo chico de siempre, pero después de pestañear, mis pupilas cambian de forma, son hendidas y verticales, como las de la criatura-araña. Sonrío ante esa nueva realidad, ahora soy algo más. El nuevo yo me enseña en lo que me he convertido, en una mutación de dos especies, de un humano y una criatura de otro planeta. Ahora soy un Cazador y esto han sido siempre los Cazadores. A pesar del nombre, no cazamos, pero nos preparamos para la caza. Sus nombres les ayudan a mantenerse en secreto, en el borde del sistema de la Ciudadanía. Los Cazadores crecen en número. Crecemos.

Michelle Madrid

Santiago de Chile, 1984. Reside en Cd. Juárez, Chih. desde el año 2002. Licenciada en Psicología por la Universidad Autónoma de Ciudad Juárez (2009). Forma parte en antologías de colaboración de cuentos publicados por la editorial Letras Negras. También colaboró en la revista literaria de ficción especulativa *Anapoyesis*, en el número *Mundos en Llamas*. Autora de *El diablo que me habita*, una antología de once cuentos de terror publicada por editorial Huargo en 2025. Actualmente, cursa el Diplomado de escritura creativa de cuento y novela en la Universidad ITESO de Guadalajara.

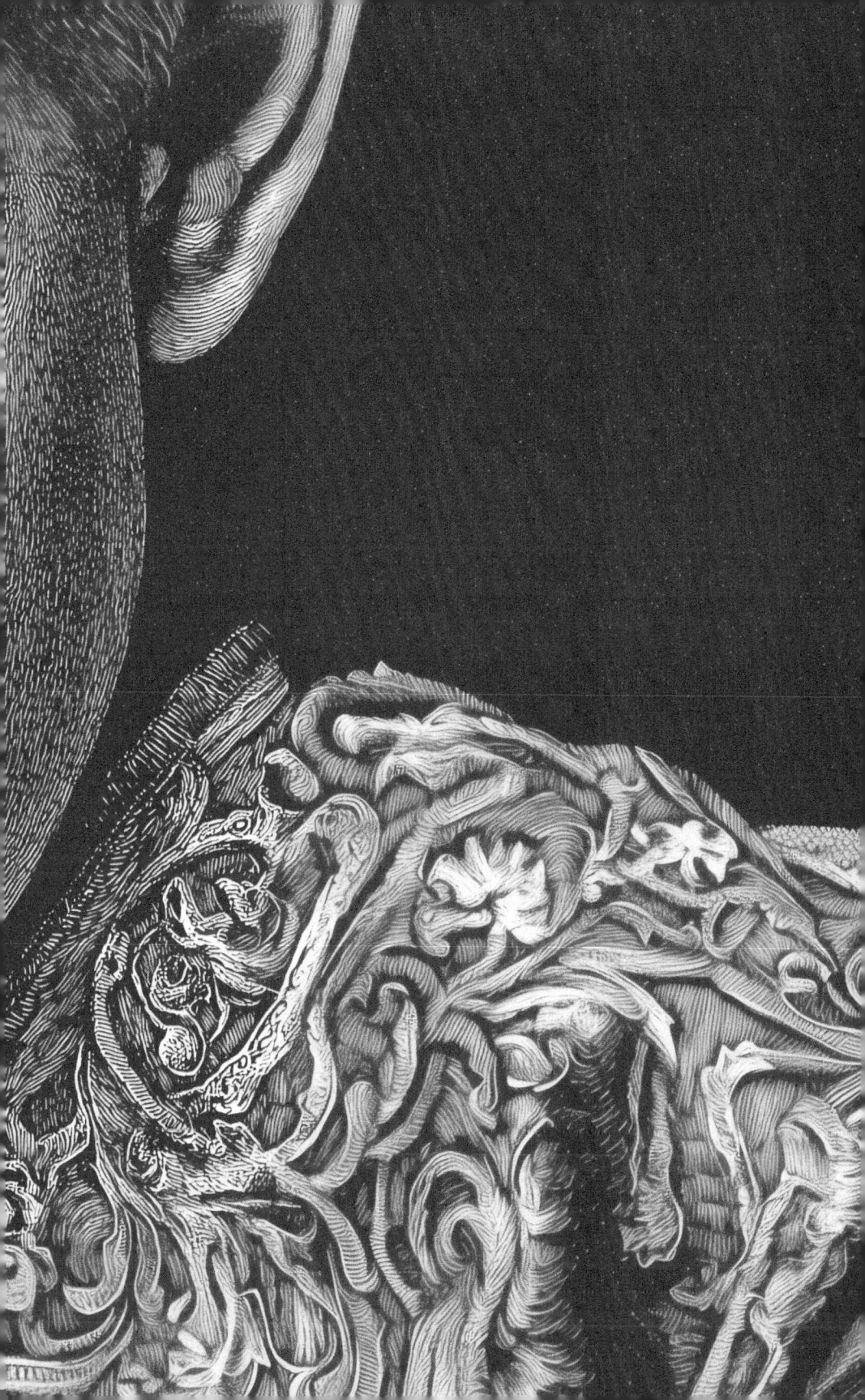

UIO-M10-16082089

Priscila Encalada

Disfruto mucho mi trabajo, aunque rara vez me permite comprar lo que quisiera y me frustra. Desde que los servicios se privatizaron y el Estado desapareció, todo es más costoso. No se vive mal. Pero, como siempre, el dinero manda. Hace algún tiempo, necesitaba hacer una compra. Me *picó el bichito* porque las redes sociales me lo vendieron muy bien. Está tan de moda, en los últimos años, que no me gustó la idea de quedarme por fuera. Admito que soy algo novelera. El problema fue encontrar un código indicado para mí; más tarde, cuando apareció, el inconveniente fue el precio. Estaba muy alejado de cualquier presupuesto. Necesitaba dinero para conseguirlo.

La curiosidad y matar el aburrimiento, de alguna forma, me ganaron. Organicé una fiesta para recaudar fondos y poder comprarlo. Adorné el lugar con globos dorados, contraté un *DJ* y luces. El sitio era enorme, las luces psicodélicas y las bebidas deliciosas. Quise sentirme atractiva ese día: con una falda y una blusa sin mangas y escote. El *DJ* era algo extraño y divertido; reprodujo ritmos como salsa y merengue que mis oídos nunca escucharon, pero mis caderas parecían conocerlos desde siempre. El sudor caía por mi espalda al bailar, cuando Pedro, mi mejor amigo, tocó mi hombro y me pidió que habláramos a solas. Fuimos a los baños del sitio. Aproveché para refrescarme y lavar mi cara y las manos; al levantar la cabeza, en el espejo, el reflejo de Pedro me habló con tristeza.

—Flaca, ¿estás segura? Me cuesta creer que hayas organizado esta fiesta para conseguirlo.

—¿Por qué tanto alboroto? Me lo has preguntado varias veces. Todos lo están haciendo. Mi único problema es el dinero —respondí sonriendo y levantando los hombros con valentía gracias a los tragos que traía encima.

—Te dejas llevar por la novedad y la presión social. Que todos lo hagan o lo quieran hacer, para mí, solo significa que está mal. Tu perspectiva puede ser diferente —respondió frunciendo el ceño y abriendo sus manos con amplitud, como si lo que dijo tuviera que ser obvio para mí.

—Claro que veo las cosas de otra manera. Los conozco mejor que cualquier tipo de persona —le dije riendo irónica.

—¿Y lo que podrían pensar los padres?

—¿Debería interesarme? Ellos son los que agregan a sus hijos en *La App*. Si están en contra, omiten el segmento *Neverland*. Ningún código me atraía. Eso cambió, por eso necesito hacerlo.

—Te aplican otras reglas. Estás con ellos a diario. Eres maestra de niños. ¿Lo olvidaste? Tienes apenas veinte años, puedes buscar otras alternativas para explorar tu sexualidad.

—No he olvidado que soy profesora. Eso hace que los aprecie más. Jamás les haría daño. Otros lo toman con frialdad, sin asimilar lo espectacular que puede ser compartir con un niño, en la intimidad de una habitación, con su inocencia, ternura, piel tersa, voz cálida, mente traviesa.

—Contratarlos a través de *Neverland* les podría causar daño.

—Claro que no. Tú siempre has sido anticuado. ¿Has visto todos los testimonios de niños que cuentan lo excitante que les resulta estar con adultos? Es una atracción natural, como yo lo veo.

—Sé que mientes. ¿Y si deja de ser moda, si se van en tu contra, si pierdes tu trabajo, qué pasará? —me dijo, al agarrar su cabeza, como señal de la poca paciencia que le quedaba.

—Muchas cosas sucedieron para que *Neverland* aparezca en *La App*. Seguro es buen negocio para ellos, es difícil que lo suspendan. Ni siquiera tienes hijos. ¿Por qué me molestas tanto?

—Los padres pueden empezar a dudar y armar alboroto. No subestimes la estupidez de padres negligentes. ¡Por dios, están vendiendo niños!

—El que tiene miedo eres tú. Mírate, tiemblas al hablar. Cálmate. Por favor, dejemos la conversación.

De regreso en la fiesta, bebí *whisky* y bailé hasta que me dolieron las piernas y los pies, para olvidar todas las estupideces que dijo. Pedro arruinó mi buen humor. Por suerte, los tragos me hicieron elocuente y defendí mi decisión, como pocas veces sucede.

Al día siguiente, aún en mi cama y con un ojo cerrado, agarré mi celular e ingresé a *La App*. Cada mañana consultaba el precio del código UIO-M10-16082089, en *Neverland*. De hecho, lo revisé tantas veces que lo tengo grabado en mi memoria. Lo puedo recitar al derecho y al revés. Las primeras letras del código representan la ciudad en la que está el niño; el segundo conjunto de letras y números: *M10* es el límite de edad, es decir, es menor a diez años, el grupo más joven que ofrece *La App*; y, al final, está el número secuencial de registro en *La App*. Esa mañana el precio se mantenía prohibitivo y me desanimó.

Me levanté de la cama, con pereza, y fui al baño. Abrí el agua caliente de la tina, mientras se llenaba, revisé la cuenta del banco para saber cuánto recaudé la noche anterior. El saldo solo aumentó cien perlas. Estaba muy lejos de alcanzar el precio para comprarlo. Y gasté muchísimo, con la esperanza de que mis amigos aportarían y de que obtendría lo suficiente. Con la cabeza distraída, tomé un baño y pensé: «¿Qué sucedió? ¿Pedro tenía razón y como profesora no debería hacerlo? ¿Son solo tacaños? ¿Los maestros tenemos prohibido compartir con niños fuera de clase? ¿Pedro les habló sobre la supuesta inmoralidad de vender niños y comprarlos? ¿No les agrado lo suficiente como para que me ayuden? ¿No creen que valga la pena aportar para algo así?». Con la mente llena de preguntas sin respuesta, me vestí con el primer pantalón holgado y camiseta ligera que encontré en el armario, tomé mi bolso y fui a la escuela; ni siquiera desayuné, no tenía apetito. Ese día escogí caminar hasta el trabajo, para tratar de contrarrestar el mal sabor con los rayos de sol y la frescura de la mañana. Caminar siempre me ha ayudado a despejar la cabeza. Crucé el parque; a la pista de patinaje, padres llegaban con sus hijos y se los entregaban a usuarios de *Neverland*. Los horarios de los códigos pueden ser flexibles, una vez pagas su precio. Por un momento, me senté en una banca cercana para verlos; para matar un poco de tiempo tomé mi celular y, en redes sociales, leí:

Mi primera vez con una niña ha sido una experiencia magnífica. Cada perla valió la pena. Ella tiene mucha experiencia. Me sentí en confianza. Supo guiarme y ayudó a controlar mis nervios. 110% recomendada. Su código es: GYE-M12-85236985.

«Voy a hacerlo», pensé. Pero quería a alguien sin experiencia, a diferencia de la niña de la publicación en redes. Para mí era importante que el código no tuviera ningún encuentro, antes de estar conmigo. La idea de sentirme nerviosa, que fuera especial para los dos, que construyamos un momento de la vida juntos, me generaba muchísima ilusión. Los estudiantes, al poco tiempo, me olvidan. Y yo a ellos. Esperaba romper la costumbre. *La App* te especifica cuántos encuentros ha tenido cada código; lo revisaba con la misma frecuencia que su precio. Así que, antes de que su número fuera uno, debía apresurarme y conseguir el dinero. Lo conocí en una parrillada, en la casa de mi prima, hace una semana. Es un niño precioso, pelirrojo con rizos, pecoso, ojos enormes, cejas y pestañas tupidas. Lo que más me gustó fue su sonrisa, le hacen falta unos dientes y otros los tiene torcidos. ¡Vaya que sabe seducir con ella! Disfruta reír y contagia esa jovialidad. Él estaba junto a la piscina y comía papas fritas con sus manos mojadas; era el momento perfecto para que hablemos, y me acerqué.

—¿Cómo te llamas? —le dije con nervios.

—Miguel ¿Tú? —contestó con su sonrisa radiante.

—Me llamo Eva. Me gusta tu pantaloneta de héroes.

—Es de mis favoritas. Mi papá me la regaló por mi cumpleaños.

—¿Cuándo cumples años?

—Hace un mes cumplí seis —respondió, mientras mostraba el mismo número con los dedos de sus manos.

—¿Estás en *Neverland*?

—Sí, ese fue el regalo de cumpleaños de mi mami. Desde que tengo cinco yo quería ir; mis amigos dicen que es divertido, que las personas les dan muchas cosas. Todavía no tengo una cita. —Ese momento supe que él era el indicado. Seríamos dos vírgenes que aprenden algo nuevo y pierden algo juntos. Con él podría generar el recuerdo especial que tanto quiero.

—¿Entonces tienes mucha curiosidad? —consulté.

—No lo sé. Me gusta jugar y comer golosinas. ¿Eso se puede hacer?

—Claro que sí. Tú puedes pedir el juego y la comida que quieras.

—¡Genial! —grito entusiasmado, al saltar a la piscina.

Sentí que conectamos de inmediato. Noté que le emocionaba la idea de *Neverland* y que quiso hablar conmigo. Nos sentimos en confianza, por supuesto. Sin querer perder el tiempo, consulté su código y quedé sin palabras. Jamás imaginé que podría costar tanto. El único niño que me gustaba estaba fuera de mi presupuesto. Mientras comíamos, hablé con sus padres para que supieran quién era y ganar puntos a favor mío, con la intención de obtener algún descuento. El asunto salió mal. Ni siquiera me animé a pedirles el descuento. Y, según lo dijeron, sus miradas entre sí y las cejas elevadas, seguidos de un silencio incómodo, que fuera maestra, les resultó desagradable. Entender ese sesgo me ha costado. Tal vez piensan que estoy tomando niños sin pagar o que puedo hacerlo a mi antojo. En realidad, quiero que sea legítimo, a través de *Neverland,* y pagar por él. Manejarlo de otra forma podría arriesgar mi relación con Miguel. Jamás podría robar algo, mucho menos a uno de mis estudiantes. Además, sé que sus encuentros sobrepasan los cien. Asumo que sus padres los agregan a *Neverland* en cuanto cumplen cinco años. Para cuando tienen ocho, son todos unos profesionales en el oficio. Pronto veremos qué parte del programa escolar es enseñarles cómo mejorar sus técnicas sexuales. Seguro. Poco me atrae esa clase de códigos.

Al llegar a la escuela, para sorpresa mía, varios padres de familia me esperaban junto con la directora, fuera del aula. Saludé con todos; la directora despidió a los padres y me pidió ir a su oficina. Al entrar al despacho me pidió cerrar la puerta.

—Están muy molestos con que hayas usado las instalaciones de la escuela para recaudar fondos para un código de *Neverland* —dijo sin rodeos, mientras se sentaba sobre el escritorio de su oficina y tomaba algo amargo por el olor.

—Todos sus hijos tienen un código y varios de ellos usan ese segmento de *La App* —le dije, con voz baja.

—Entiendo. El asunto es que nadie pide dinero para hacerlo y menos los profesores de esta escuela —respondió con voz armoniosa y suave, tratándome como a un niño al que intentas explicar algo complicado. Fue condescendiente.

—¿Por qué les molesta tanto? —pregunté, al levantarme de la silla y caminar por la oficina con pasos acelerados y nerviosos.

—No me importa. Es ridículo lo que haces. Los supuestos eventos que planeas se acabaron —dijo con firmeza y mirándome a los ojos, para que entendiera que si continuo, perderé mi trabajo.

Mi dócil silencio habló por mí y dejó claro que detendría mis planes, entre ellos pedir un préstamo en la escuela para obtener fondos. Y me fui.

En el aula vacía, los niños jugaban en el receso. Me senté en el escritorio y pensé en los padres que se quejaron; la directora a punto de despedirme, los pocos fondos que recaudé la noche anterior; que Miguel estaba cada vez más lejos; todos diciendo qué debo y qué no debo hacer. Limitaron mis decisiones, mis deseos, mi forma de vivir. Me pregunté si valía la pena continuar como maestra, al fin y al cabo, las pantallas y la inteligencia artificial hacen la mayoría del trabajo; con el cambio de era, ser profesor es menos apreciado que antes. Resultaron ser unos hipócritas, que temen que robe a sus niños para divertirme. Tendría más sentido si todos se opusieran como Pedro. Sé que él forma parte de la minoría que repudia *Neverland*, cree que es inmoral, por eso ha tratado varias veces de hablar conmigo. Pensé en jugarme por Miguel y botar a la basura todo. Nadie vale la pena, en esa escuela. Pero era mi única fuente de ingresos para comprarlo.

Consideré que era momento de buscar otro código. Lo práctico era cambiar de opción, la oferta es enorme y supuse que habría precios más asequibles. Pero Miguel me gustaba muchísimo y sentí que teníamos química. Entonces, mis padres aparecieron de la nada en mi cabeza. Siempre traté de mantener la distancia con ellos y evitar que me impongan sus reglas. Son personas muy pudientes y poco agradables. Padres que jamás te dan tiempo; y, cada vez que te acercas, te ignoran, te dicen que no eres suficiente, que cuándo tendrás los pantalones para hacerte cargo del negocio familiar o cuándo dejarás el trabajo inútil que escogiste. Sin embargo, pensé que Miguel era motivo suficiente para arriesgarme con ellos y aguantarlos. Además, era obvio que nadie más me daría el dinero. En ese momento, llamé a mamá y le pregunté si podía visitarlos; me pidió que fuera esa tarde.

Ya en casa de mis padres, me recibieron en la cocina. Mamá está en una fase de chef principiante; remodelaron toda el área, solo para satisfacer un capricho que seguro le duraría dos semanas. El olor dulce de las galletas de nuez con chocolate y el calor del horno engañaban, me hicieron pensar que ahí hay un hogar. Mi madre sacó las galletas del horno y las puso en un recipiente, cosa que jamás había visto; papá estaba tomando su taza de café, como siempre. Es difícil dejar el café, cuando diriges cafeteras. Me extendieron la bandeja aún caliente; entonces mamá rompió el hielo:

—Nos dijeron que quieres comprar un código.

—Sí, es un niño encantador —les dije rascándome la cabeza con fastidio porque sabían lo que quería.

—¿Cuál es el código para verlo? —preguntó mi padre.

—UIO-M10-16082089 —recité de memoria, sin problema.

—Mira este niño —le dijo a mi madre, una vez ingresó el código de Miguel.

—Tienes buen gusto, hija —dijeron los dos sorprendidos.

—Gracias, supongo —respondí sin saber cómo pedirles el dinero.

—¿Cuánto necesitas? —gritó mi padre desde la alacena del otro lado, con la boca llena de galletas.

—El 90%.

—Es muchísimo dinero. Vamos a hacer lo siguiente: lo voy a contratar a través de mi usuario. Tengo descuentos. Y el encuentro será en esta casa. —Fue breve, conciso e imponente, como siempre ha sido mi padre.

—De acuerdo —habló mi boca pusilánime, mientras bajé la cabeza.

—Listo. Contratado. El encuentro será en 4 horas —continuó.

—¿Hoy mismo? No lo sé… —pregunté espantada, sintiendo que el tiempo era demasiado corto para lo que quería planear.

—Si quieres, lo cambio. Sabía que estas cosas no son para ti. No tienes lo que se necesita —dijo al mover la cabeza con decepción.

—No. Déjalo. Hoy será —respondí con una voz seria, con la intención de llenar de orgullo a papá.

En cuanto salí de su casa, llegó un niño. Al fin, entendí que mamá hiciera galletas, eran para un código de *Neverland*. Enseguida, llamé a Pedro para contarle del acuerdo. Me pidió que habláramos. No quise escuchar el mismo discurso; así que le dije que tendría poco tiempo. Las dudas debían estar fuera del panorama y menos después de la última conversación con él. La voz de Pedro sonaba desesperada, como si una bomba estuviera en el conteo final, y él fuera el responsable de impedir que explote. Insistió en que lo pensara y preguntó qué pensé al ver que mis padres usan *Neverland;* para él fue una señal de lo asqueroso que es vender niños. A mí me daba igual. No me sorprendió. Tienen tanto dinero que desde que tengo memoria compran todo lo que puedan pagar.

De regreso en mi departamento, me quité la ropa, puse música, abrí las puertas del armario y empecé a buscar qué usar para la cita con Miguel. ¿Le gustaban más las faldas, los vestidos, los ligueros o encajes, el rojo o el negro? Probé muchos atuendos y terminé con un vestido negro, de satín, que dibuja muy bien mis senos y caderas. Antes de salir, me paré frente al espejo y, sin poder evitarlo, empecé a criticar cada detalle: el cabello rubio sin forma, la cabeza grande en comparación con el cuerpo, los ojos pequeños y con mucho maquillaje, los labios finos que no se distinguían, la piel blanca e insípida, las piernas súper delgadas. Las ganas de salir se esfumaron. Lloré porque no me sentía atractiva. Era imposible que Miguel se fijara en mí. Nada placentero le podría ofrecer. En ese momento, aún frente al espejo, me dije: «Es la oportunidad que tienes para ser feliz. No te la arrebates. Tú padre no puede tener la razón. Demuestra que eres una mujer atractiva y decidida. No la pusilánime y complaciente que todos ven». Tomé las llaves del auto y fui a la casa de mis padres.

Llegué una hora antes y la casa estaba vacía. Papá era el único que podía recibir a Miguel. Él lo compró, las entregas están prohibidas a otros. ¿En dónde rayos estaba? Subí las gradas, pasé por su habitación y nada, fui a su oficina y tampoco estaba allí. Recorrí toda la casa de pies a cabeza. No encontré a nadie. Pensé que olvidaron mi cita. Típico de ellos. Solo me enfureció. Caminé con pasos mucho más acelerados por el jardín y los vi, al fin. Eran papá y mamá, tomando vino, en la casa de la piscina. Estaban desnudos, por suerte las cortinas no me dejaban ver con claridad y solamente distinguí sus siluetas. Asumí que seguían con el niño de la tarde. ¡Qué desagradable verlos usar *Neverland*! Interrumpí su noche romántica con aquel chiquillo, al golpear la ventana, y grité: «Papá, vístete rápido, él llegará pronto». Una sombra pequeña se acercó para abrir la puerta. Sí, era el mismo que vi al salir de la casa. Pero, sobre la cama, había alguien más. Estaba tan distraída que omití ver su rostro, hasta que mi padre contestó: «Ya está aquí. ¿No lo ves? Espera un poco, hija. En un momento saldremos». Miguel saltaba sobre la cama, de un lado a otro; mi madre le ofrecía galletas; y, mi padre lo abrazaba. Todos se veían felices y reían sin parar. Con las manos temblorosas, ingresé a *La App*, para revisar los encuentros. Miguel ya tenía dos. Caminé deprisa, porque sentí que no podía contener más mis lágrimas, subí al auto y conduje sin dirección. Miguel con mis padres, todos pasándola bien, era la única imagen que venía a mi mente. Se burló de mí, se aprovechó de mi deseo. Miguel me traicionó. Su inocencia era inexistente. Su corazón dulce, una ilusión y creación mía. Lo único que quería era personas que le regalen cosas; y mis padres lo hicieron. Debí escuchar a Pedro, aunque él nunca me advirtió que podría terminar con el corazón roto. Eso me habría detenido. Sin darme cuenta, al cabo de unos pocos minutos, estaba de vuelta en la entrada de la casa de mis papás, detuve el auto y lo apagué. No me quedaba más que esperar hasta que salieran y convertirme en el encuentro número tres.

Priscila Encalada Luna

Ecuador, 1989. Abogada, por la Universidad Católica del Ecuador; y, Máster en Pensamiento Filosófico Contemporáneo, por la Universidad de Valencia. Su primera publicación se titula «Manchas», que forma parte de la antología *Oraciones rotas*, de la editorial Letras Negras. Hace poco publicó «Del otro lado», dentro de la antología *Vértigo Interno*, de la editorial Komala.

Instagram: @enlu.pel

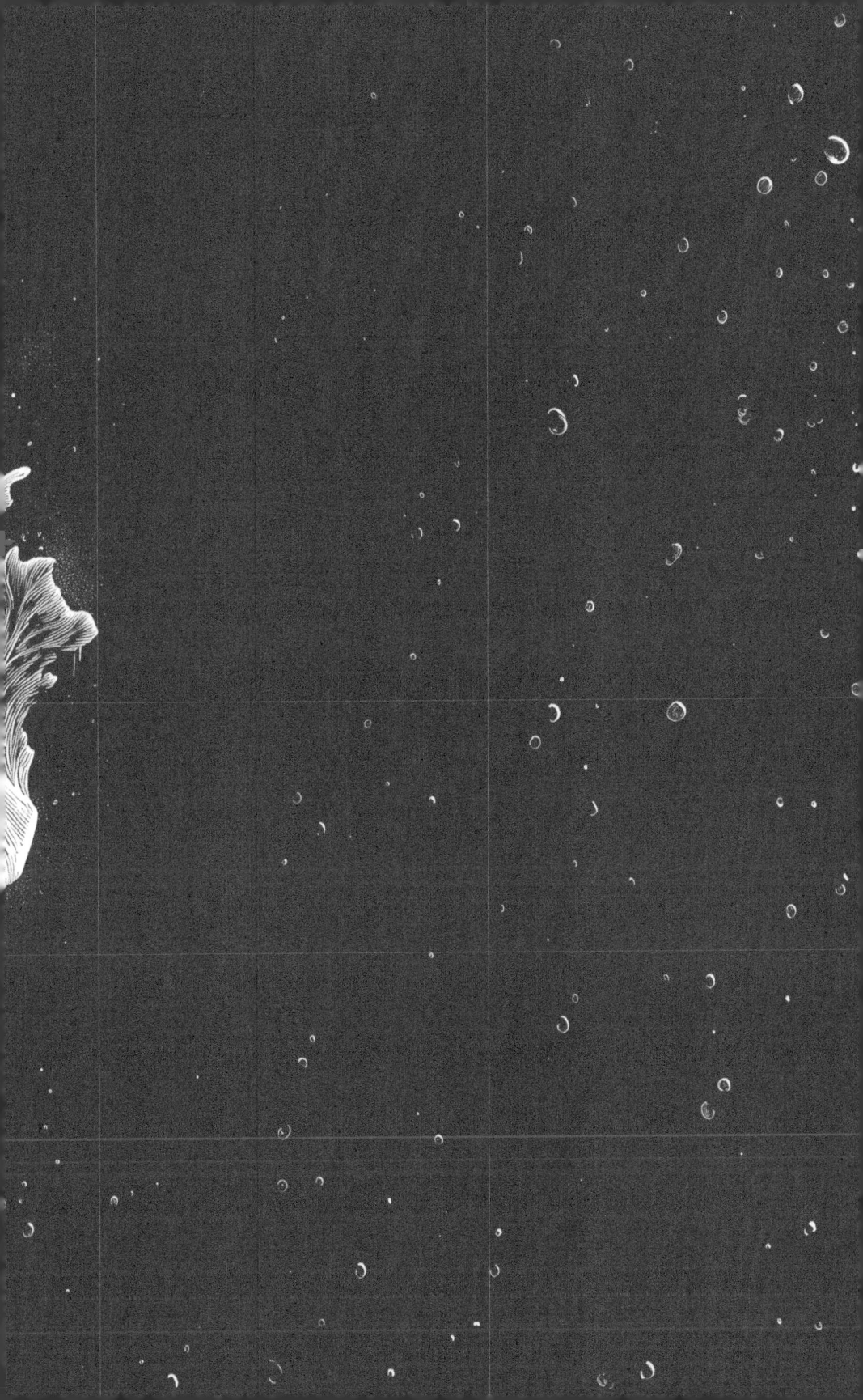

Mundo gris neón

Yazmin Alejandra Castro

El espejo astillado me devuelve la imagen menuda, pero de espalda ancha bajo la sudadera. El Hidrotec se me pega a la piel como un guante desgastado y remendado. Los parches cafés desentonan con el resto de la tela. Las intensas ojeras bajo los ojos, hablan del extenso turno que cumplí. Saco de la mochila la ampolleta de ÁCIDO Hyaluronic, TBeaty, un regalo de la abuela en mi cumpleaños. Lo aplico con un pinchazo leve bajo cada una de mis mejillas. Tendré una máscara de salubridad perfecta por un par de días. Palmearme el rostro suele despejarme. Marco el delineador azul metálico para estilizar mi mirada, pero ni así logro disimular la agitación al escuchar los gritos de afuera. No puedo evitar pensar que debería salir a ayudar a esos niños, antes de que mueran.

Empecé este día con la esperanza de que fuera menos extenuante.

En el primer mundo que recuerdo. Vivíamos con las ventanas tapadas, y pensaba que la oscuridad era normal; que toda la gente estaba confinada en casa para protegerse de ese cielo gris que cubría con su manto tóxico la ciudad.

En la empresa dicen que todo fue en declive luego de la pandemia del dos mil veinte, pero lo ignoro porque yo aún no nacía. Que el mundo se destruyó por el egoísmo y la codicia del hombre; era la historia, que mi familia contaba, aunque en la escuela-online, en la tableta que nos educaba y enseñaba los acontecimientos del mundo exterior, había aprendido que todo fue por la evolución natural de la sociedad, del llamado punto cero de cada región donde la sustentabilidad de la vida, tal cual la conocieron nuestros antepasados, había quedado atrás en beneficio del progreso.

Ahora que soy mayor, al estar en mis interminables jornadas en la empresa, y sobre todo, recostada en mi cubículo-cápsula, cierro los ojos con fuerza para imaginar cómo era el mundo antes de la contaminación, antes de vivir inundados de basura. Antes de que ReciclaTech lo cubriera todo. Por su ambición de poseer cuanto pudiera. Pero esos momentos de escapismo son breves, pronto mi brazalete vibra, recordándome que es hora de levantarme al trabajo, a mi esclavizada vida como empleada de ReciclaTech.

Hace años, cuando el gobierno hablaba de los implantes, mamá se emocionó ante la posibilidad de poder llevarme afuera. Las personas retomaron poco a poco una normalidad que, hasta entonces, para mí era desconocida. Poder respirar sin utilizar todo el día la mascarilla, era un sueño tentador para el mundo, pero a mí me atemorizó pensar que me partirían la cabeza para introducir algo adentro. Contrario a mis temores el implante fue lo de menos, pero si hubiera sabido que la libertad nunca lo es por completo quizá hubiera preferido continuar usando la máscara, y quedarme confinada un par de años más hasta que por mi edad el gobierno me proveyera de un traje adecuado y me reclutara en labores de mantenimiento.

¿Si las generaciones de mis bisabuelos hubieran cuidado la tierra y se hubieran concentrado en reforestar y en cuidar el agua, habrían cambiado algo? Todas las actualizaciones de nuestro cuerpo nos permiten tolerar el calor, aunque aquellos que aún conservamos la piel usamos un traje aislante la mayor parte del tiempo. Sacrificamos tiempo por cosas que al final no disfrutamos, porque las personas debemos vivir con pocas posesiones en la actualidad, o al menos yo sólo requiero lo que cabe en la mochila.

En mi puesto más habitual en la fábrica, sólo necesito el overol como uniforme. El aire acondicionado me golpea la nuca, libre de la cubierta protectora del traje, mientras, permanezco en el puesto de desesperanza mecánica, en el ciclo interminable de mirar las piezas que transitan frente a mí, de metal liso, sin borde alguno. A veces aparece una pieza defectuosa y la coloco en el contenedor de desperdicios. Aquí puedo respirar sin la máscara y libre del traje aislante.

Los guantes son tan rugosos que me escuecen las manos, pero tampoco es cómodo quitarlos para recoger las piezas de la banda, por eso me he resignado a llevarlos, como si fueran grilletes de cuero que me atan al trabajo. Apenas puedo esperar para que el timbre encienda la luz led de la puerta, y suene dando por terminada la jornada.

En este lugar tengo mucho tiempo para pensar. De niña deseaba haber nacido en los tiempos de mi abuela en los que, hasta los bebés, tenían una tableta electrónica, con plataformas online de contenido gratuito. Viví mi infancia añorando conocer un mundo extinto, recluida en un pequeño espacio al que llamábamos hogar, pero el tiempo pasó y llegó el momento en que la tierra se limpió lo suficiente para volver a salir.

En ese entonces, ingenuamente, cobijada por mi inmadurez, creía todas las noticias que pasaban en los canales especiales de la tableta gubernamental. Pero vivir en la realidad, afuera, es bien diferente. Aunque la educación en línea nos proporcionaba información sobre el mundo exterior, mis pensamientos siempre volvían a las historias que mi madre me contaba, sobre la vida antes de un cielo de oscuridad, creo que mi mamá y abuela estaban tan acostumbradas a una vida de confinamiento, que fue el conformismo lo que me enseñaron.

En la red de la tableta había numerosos canales de información y vídeos educativos, pero yo añoraba una tableta propia, liberada del gobierno para poder acceder a videos no gubernamentales, a aquel contenido que mamá veía de niña, y no solo esas infografías estúpidas que replicaban la información que compartían en la escuela. Por ese entonces un celular era un lujo inaccesible, y ya ni decir de una pulsera-neón, que es aún más sofisticada, al grado de que la interfaz no requiere de una pantalla física.

Al crecer y salir al mundo exterior me enteré de que nuestro punto cero fue cuando la empresa metalúrgica explotó. Al acceder a la red global comprendí también que ese punto fue diferente para cada zona del mundo, incluso podemos decir que nos fue bien porque seguimos aquí. Sé que a mi abuela le tocó vivir la pandemia del 2031 y a mi madre y ella las restricciones del 2064. Nací, durante el encierro posterior al desastre químico del noventa y tres, en el que todos tuvimos que sobrevivir encerrados. Mamá dice que nuestra familia tuvo suerte porque nos pudimos ir a vivir a las afueras con mis abuelos, y en ese entonces pude escuchar de viva voz, lo que fue y llevó al mundo a ser como es hoy.

Es mundo oscuro, pero cobraba vida con las palabras de mi abuela, estaba lleno de color, ese era atrayente.

Por fin, por fin, por fin, la luz se encendió. Faltaba poco para concluir mi turno mensual, para poder volver a casa. Sin ganas de ir al comedor, antes de acostarme, me arrastré directo a mi otra jaula, mi segundo pensadero, la cápsula después de todo es más mía que todo lo demás. Solo un turno más para que termine la jornada.

Al pasar por la puerta desinfectante, siento el humo frío contra la piel desnuda como si penetrara cada poro. Aprieto los ojos, soy la única terminando turno, muchos extienden su jornada para acumular horas extra, pero no puedo esperar más para retirarme el overol y las botas, colocarlas en los compartimentos plásticos, e irme.

En este mundo que languidece, lleno de luces neón, sobran las posibilidades para modificarte el cuerpo, pero aquella primera modificación que me hicieron mis padres en los pulmones, me compró una deuda de por vida con la planta ReciclaTech. No puedo reprocharles nada, hicieron lo que creyeron mejor para darme una mayor calidad de vida y la posibilidad de sobrevivir a los diez años de red antes del corto circuito por la polución del aire, sin ello, es obvio no estaría aún aquí con mis actuales diecisiete.

Es tarde, quiero dormirme, pero estoy demasiado emocionada de que mañana es jueves, jueves dieciséis. Mañana podré volver tres días completos, al nodo trece, ahí donde las luces no brillan toda la noche, lejos de estas calles llenas de navegantes de neblina, o de los transeúntes tecnomodificados, que solo caminan perdidos como sombras del asfalto, sin dueño.

¿No es rara la vida? Siempre me exaspera levantarme temprano tras una noche de insomnio, pero hoy he abierto los ojos antes de tiempo. ¿Cómo sería que te levantara la luz de sol por las mañanas?

Papá decía que el mundo no era muy diferente en los dos mil, que si acaso ReciclaTech se llamaba Recicla Vida y que ganó gran poder en el momento en que el planeta estaba al borde de la extinción, logrando a base de legislaciones prohibir la producción, a gran escala, de productos que usaran base de insumos fósiles. Claro que ese mundo brindó una segunda vida a cualquier sartén, plato, cuchara y trapo, bujía y llanta; por lo que reciclar se volvió de vital importancia. La restricción en producción duró diez años, tiempo en que la empresa Recicla Vida prometía grandes avances en materia de cuidado ambiental y aire libre de polución. Claro, como si en verdad ese hubiera sido su objetivo, lo que hizo fue agenciarse el dinero de miles de programas gubernamentales y dominar la producción de todo, hasta que llegó al sector agrario.

Pero eso ya es fragmento de historia obsoleto. Estoy quieta, somnolienta, con la luz LED encendida, en espera de mi próximo turno, con la música a todo volumen dentro de mis oídos, hasta que el brazalete vibre como un indicador de que es hora de levantarme para iniciar la jornada. Pero es jueves dieciséis. A partir de hoy tendré tres días completos para estar con mi familia.

El último turno debo atender el área de vidrios frente a otra banda. Debo usar el mismo estúpido overol y separar cualquier botella con el mínimo contenido líquido.

El trabajo y el proceso son similares en todas las áreas: repetitivo y aburrido. El plástico desfila sobre la banda, soy como un procesador al borde del corto circuito; sobrecalentado pese a la refrigeración. El reloj avanza y me reconforta que el turno se acerca a su fin. Tomo la caja con las botellas sucias para enjuagarlas en el lavabo y devolverlas al ducto de reciclaje. Mañana otro autómata las verá desfilar. Quizá algún día seré del equipo de desarrollo, pero por ahora continúo en la sección de: Calidad del reciclaje.

El timbre suena. Es hora. Siento como la pulsera vibra sobre la muñeca y sonrío cuando aparece la notificación de mi pago. Salgo del área de plástico. En el ducto de suministros del cubículo, de donde recojo el traje aislante, encuentro un bono por haberme saltado la cena de ayer.

Por fin cerca de las cápsulas de descanso. Por fin puedo alistarme para ir a casa. Por fin libre del uniforme, tan solo en el *body* negro. Los brazos desnudos lucen ásperos, mi piel está más ceniza que de costumbre, ¿será que me falta hidratación?, si no me cuido terminaré sin piel.

—¡Lía! —Es Ek, el único amigo que tengo en esta empresa, se acerca corriendo por el pasillo.

Muestra una gran sonrisa que me congela la mano en el aire, justo antes de que escanee el código de barras tatuado en mi muñeca para abrir la puerta. Ajusto las retinas con un parpadeo y lo observó de reojo, para que no perciba mi alegría, no me interesa que crea que me importa, aunque me encanta como se le ciñe la playera al cuerpo desde sus últimas modificaciones, de brazos y pectorales.

En sus brazos y cuello están las grecas que se adivina le cubren todo el cuerpo, que bien puedes ser tatuajes de tienta o símbolos de la abertura del cambio tecnológico.

—¿Qué hay?

—¿Ya te vas al rancho?

La expresión me hace soltar una carcajada genuina. Ese Ek, la única persona que se acerca para intercambiar un par de palabras y que no se limita mandarme un mensaje por red.

—¿Al qué?, ¿qué eres del dos mil? Eres un Glinch o te han jaqueado la red para dejarte como un pendejo.

—Ya cállate esclava de código. ¿Cómo se le dice a tu casa, pues, allá donde hay huertos flotantes y todo eso?

—Tierra muerta.

—Dirás tierra viva.

—Como quieras, pero no cultivamos en la tierra. Y la conexión es un asco.

Ek me mira con ceño fruncido, como si le hubiera jalado un cable sensible.

—Yo diría un páramo digital.

—Como digas, pero estar en Zona libre, con conexión de cuarta, es mayor pesadilla de lo que piensas.

—Lo dices como si fuera un agujero sin red.

—Casi. Tardas más del doble de tiempo para acceder a todo, ya ni se diga usar la interconexión de juego online.

—Por una noche sin luces, podría valer la pena, quizá hasta mires una estrella.

Me vuelvo a reír como loca y Ek, me mira de brazos cruzados, sabe que la contaminación no permite ver el cielo, pero es bonita su idea. Si de verdad le hablara de mi hogar, si en verdad le dijera que me acompañe, aunque no tenga una buena conexión digital, ¿lo haría? ¿Apreciaría lo que yo veo cada mes?

—Si un día vas, ya veremos si opinas igual —digo mientras me acomodo la mochila.

—Si es una invitación, acepto. ¿Cuándo? —me dice levantando las manos.

—Me tengo que ir —le digo con una sonrisa que ya no logré disimular—, nos vemos esclavo del código, cuídate las neuronas.

Antes de colocarme la mascarilla respiro profundamente el olor a aceite y plástico de la empresa que no alcanzan a disipar los filtros de aire. Este es el mismo olor que tiene la piel cobriza de Ek, si me acercara olerla, y seguramente el mismo olor que tengo.

Según los informes que llegaron a mi pulsera de luz, la polución es alta hasta para mí con todo y el implante. Con las correas de la máscara ajustadas estoy lista para salir. Anhelo llegar a las afueras de la ciudad donde podré retirármela y librarme del calor asfixiante de tenerla puesta. El broche de la mochila me aprieta, pero es mejor tenerla ceñida ante la inseguridad de las calles del mundo exterior.

Al caminar entre miles de negocios que ofrecen Opil alucinógeno, veo a los caminantes de asfalto. Todos lo Ciber de ciudad son iguales, buscan algo para abstraerse. Les da igual, que sea con sus drogas de humo o de imágenes, se queman el cerebro todo el día. Paso a prisa para impedirme verlos en su esquina, tirados, sucios, olorosos. Mientras me repito mi sentencia: me llamo Lía Eartha y trabajo en la planta de reciclaje de ReciclaTech. La empresa que se ha convertido en el corazón palpitante de nuestra civilización, soy Lía por mi abuela, Eartaha por el legado de la familia, que se dedica a cultivar como se hacía en los viejos tiempos, y no necesito nada más para vivir. Cosechamos espinaca, buganvilia, sábila y en menor medida algunas semillas y raíces. Soy el vestigio de la herencia milenaria de mi familia, de una civilización entera que sucumbe poco en pro del progreso.

Rodeada de las brillantes máquinas, me recorre una mezcla de admiración y tristeza; porque las máquinas de ReciclaTech transforman montañas de desechos en recursos vitales, en una batalla constante contra la destrucción que nosotros mismos causamos. No paramos de producir. Vivo en una ciudad donde las personas están apiñadas en el centro y para obtener lo básico requiere una fortuna o un trueque desesperado de lo poco que poseen; aunque las modificaciones físicas, las actualizaciones virtuales, que existen por millares, se adquieren por billones. Pero mi verdadero hogar está a las afueras, en un mundo más tranquilo y pequeño.

Tenemos vehículos, con interfaces neuronales que se conectan directamente al sistema nervioso del conductor, y las bombillas inteligentes que ajustan su brillo según nuestro estado de ánimo, son solo ejemplos de cómo dependemos de esta tecnología para sobrevivir. Mi verdadero refugio no está entre las máquinas; está en mi pequeño jardín, donde cultivo un vestigio de la belleza perdida del mundo.

Me apresuro entre las calles, para dejar atrás a los drogados transeúntes, para entrar en los callejones sin prestar atención a lo que sé siempre hay, los vagabundos, los sexbots, a las cucarachas devorando a alguien, y alejarme de lo que sea que se me atraviese. Debo estar alerta, pero no quiero observarlos, conecto música a mis oídos para evitar pensar, pero no puedo y en mi mente rebota la idea de que ReciclaTech ha transformado nuestras vidas.

Desciendo por la entrada del metro, apago la música con la pulsera y observo que a mi alrededor no haya ninguna persona peligrosa. Un par de niños que pasan muy cerca, el más pequeño choca contra mi rodilla. Van de la mano, mi atención se fija en esos dos niños porque realizan un acto tan ajeno, y tan familiar de otros tiempos en un mundo en que es raro ver ese tipo de afecto por las calles.

Algo me conmueve, me hace pensar en mi abuelo y abuela juntos, cuando él vivía. Estos niños desentonan con todo, no deberían estar aquí. A leguas se ve que son de los barrios altos, ni siquiera traen puesta máscara. En una de sus muñecas el característico aro de luz, pero en lugar de verde es violeta, pésima señal. Esos niños traen en su pulsera más bits de los que podría ganar en una semana de horas extra. El más alto repara en mi mirada y me dedica un cabeceo, un saludo que bien podría ser una reverencia, un gesto viejo como mis abuelos, viejos como mi herencia. Trago saliva, segura de que no duraran ni una hora aquí, afuera, solos. Al pequeño lo sienta en un extremo de los escalones, junto a un montón de cajas selladas que probablemente alguien está por transportar.

Por las escaleras mecánicas se acercan un grupo de cerebros-haqueados. Rápidamente, me pongo la capucha y me cubro por completo el copete, trato de aparentarme muy en lo mío y ensancho los hombros. Ajusto la pupila para verlos de reojo: los cables en las sienes, los aretes en las cejas, el cabello de penacho, son Tecno-parias, de los peores. El niño morirá. Camino tratando de mostrarme distraída para alejarme de ellos. Uno de ellos voltea en mi dirección, por lo que mejor decido entrar al baño, ¿para qué darles la sensación de que puedo ser otra presa fácil?

El espejo astillado refleja mi sudadera negra, el Hidrotec que se me pega como una segunda piel más oscura. Una picazón loca cosquillea mi cráneo. El cabello me ha crecido casi tres centímetros, este mes ni siquiera intenté afeitarlo, podría arreglarlo, pero mejor en casa. Remuevo las arracadas de mi oreja a sabiendas de que no voy a quitarlas. Quiero irme rápido, pero al mismo tiempo no quiero salir demasiado de prisa y encontrarme en el andén con una imagen desagradable. Pero ¿Para qué perder tiempo en cambiarme la sudadera? Ni al caso. De todas maneras, no me puedo quitar el traje protector. Hoy los rayos ultravioleta son demasiado fuertes y tendría que ponerme la ropa sobre el Hidrotec así sucio. Suspiro al notar que ya no escucho nada afuera.

Al abrir la puerta oigo un llanto quedo, aprieto el tirante de la mochila que traigo a la espalda. Los niños están tirados en el suelo, el más pequeño llora sobre el mayor. ¿Por qué tuve que mirar? El de seis años me mira como si me conociera: fijo. Detiene su llanto para saludarme con ese ademán de cabeza que ahora me parece tan detestable, porque me pica por dentro como un aguijón de culpa.

¿El otro niño? Lo veo incorporarse golpeado, pero vivo, y palmear al pequeño en la espalda. Ahora que los veo bien están flacos como cables pelados, y los trajes se ven sucios como si llevaran semanas sin ser lavados. Tienen la piel rojiza de quien no se ha puesto protector solar en mucho tiempo. Probablemente, tuvieron padres que los cuidaban hasta hace poco, pero si están solos en estas calles, significa que ya no más. Muchos son los que mueren por no tener un seguro médico, los tratamientos estéticos son una cosa, pero cuando algo raya en la salud los precios sí son exorbitantes. Cualquier imbécil en un garaje te hace un implante de led por un par de bites.

En la mochila tengo un pedido que nunca entregue. Una lechuga sellada al vacío, sé que no es mucho, pero también vale un chingo. Me acerco al niño y la saco de la mochila con el corazón acelerado, ahí va mi bono por no cenar. La coloco frente a los ojos de los dos, ambos se encogen como conejos asustados que esperan el paralizador eléctrico. Con un suspiro me quito la capucha, no sé si mi aspecto logra ser menos amenazador, pero intento sonreír ante los niños. El más Grande recibe el paquete con ambas manos, me pongo de pie sin esperar respuesta, y me acerco al andén porque mi tren ha llegado. Escaneó la pulsera y desde la ventanilla de la puerta veo a dos niños felices disfrutando de un banquete.

En un mundo gris, descubrí color en un pequeño andén del metro. Afuera ReciclaTech sigue trabajando incansablemente para mantener un estilo de vida que solo beneficia a unos cuantos, pero lo que vale la pena solo se protege por quienes aún cultivamos algo, desde una esperanza, una alianza familiar, hasta una lechuga en un huerto. Y la gente acude a ellos para intentar conseguir lo que no saben dónde buscar: el olor familiar, terroso, amargo y herbal.

Yazmin Alejandra Castro Escamilla

Gómez Palacio, Dgo. (1992) Maestra en Educación Básica y Licenciada en Educación Secundaria con especialidad en Matemáticas, Yazmin ha ejercido su labor en diversas escuelas de la región de La Laguna. Su formación literaria incluye un diplomado en Literatura para jóvenes, y fue publicada por primera vez en la colección de cuentos *Raíces de Obsidiana*.

Como mediadora de lectura ha promovido la difusión y la escritura literaria, asi como el pensamiento analítico y la apreciación del arte a través de talleres gratuitos. Actualmente, cuenta con varios proyectos terminados y una novela en proceso de publicación.

Instagram: @yazmin.a.castro

Impostores

Irene Liberty

Tenía la certeza de que estaba rodeado de impostores. ¿Por qué? No era capaz de explicarlo. Me quedaba entre una frase y otra, entre el sentido y la intuición; pero estaba seguro de ello. Ese día, me dirigía al trabajo mientras reconstruía, una y otra vez, cinco sílabas en mi cabeza: "Tran-qui-lí-za-te".

La pesadez de la atmósfera me hacía presa fácil de la duda, y por más que quisiera rechazar mis ideas obsesivas, me sentía aterrado. En la calle, nadie parecía siquiera voltearme a ver, pero yo a ellos sí. Observaba cómo se paseaban con una naturalidad inquietante, como maniquíes de cuero, y yo no iba a entrar en su juego. Pensaba: "Aquellos hombres de ahí, no son sólo unos oficinistas. Y esas muchachas de allá, están escondiendo algo". Sí, unos impostores, lo sentía en todos los poros de mi piel.

Algo en su aspecto no era humano. Aunque no podía determinar si era por su cara, que parecía estar hinchada; su mirada, consumida por el hambre; o el atontamiento con el que flotaban por la banqueta. A falta de pruebas, me aproximé a algunos y los examiné de arriba abajo. Un grupo de jóvenes, un poco aturdido por mi comportamiento, se alejó hasta el otro extremo de la banqueta. Pero los demás, sin apenas notar mi presencia, siguieron su marcha a un paso casi mecánico.

Al inclinarme hacia una chica de unos doce años, de esas que tienen labios de costra y que parecen huérfanas, pude descubrir de qué se trataba.

Alrededor de su iris había un profundo aro negro que endurecía su mirada. ¿Me estaba volviendo loco?

Aquella pregunta se tejió en mi mente como una raíz carnosa y experimenté la necesidad de ver mi propio reflejo para comprobar si estaba equivocado. Corrí hacia un auto y me asomé en el espejo retrovisor. Yo no tenía nada similar. Definitivamente había algo extraño, y tenía que tomar una decisión al respecto.

Me olvidé de mi trabajo y me di vuelta en la calle Claveles para encaminarme hacia el parque. Si no era yo quien estaba trastornado, y no era el aire de la ciudad, cargado de tensión, ¡eran ellos! ¡Unos intrusos!

La fórmula para entender a los animales está en su conducta, así que me senté en una banquita que estaba a una distancia razonable de la pista del parque. Aunque estaba protegido por la sombra de una cortina de árboles, hacía mucho calor. Encendí un cigarrillo y, tras darle las primeras caladas, me fue posible recuperar el aliento para presenciar lo que pasaba a mi alrededor.

Esa vez sí fue fácil notarlo. Además de aquel aro negro en sus ojos, había otras partes de su cuerpo que los delataban. Esos disfraces de humanos sudaban y sudaban, y algunos de ellos miraban con incomodidad hacia los lados y avanzaban más aprisa, víctimas de su propio secreto.

Una mujer se detuvo a unos pasos de mí para responder una llamada telefónica. Yo me empequeñecí en mi asiento y procuré hacer los menos movimientos posibles. Ella jugaba con una piedrita a sus pies y se clavaba el celular contra la mejilla. Escuché un sonido brotar de su boca, que luego se convirtió en un ataque de risa. Una risa loca, desmesurada.

De manera involuntaria, la miré a los ojos y me rasqué la barba. Ella me imitó y se rascó la cabeza. Debí contagiarle una especie de irritación muy intensa porque, con dedos temblorosos, se revolvió el cabello y continuó rascándose. Después de unos minutos, me pareció excesivo, y comencé a sentirme ansioso. Entonces lo vi. Fue rapidísimo, casi como una alucinación fugaz.

Una larva de cuerpo alargado se había deslizado por detrás de su nuca. ¡Qué enfermo! Recogí la colilla de mi cigarro y hui en la dirección opuesta, pero aquel impulso de inmediato se quebró por un nuevo descubrimiento. A mis costados ya había otros impostores desenmascarándose. Como soldados alienígenas, uno a uno se fueron extrayendo de la cabeza pupas blancuzcas que les brotaban como granos gigantes. Como histérico, salí corriendo con los brazos al aire. El propio estampido de mi pulso nublaba mis pensamientos. ¡Estaba rodeado!

En una esquina, vi cómo una niña se abría el cuero cabelludo con sus propias uñas. Una caspa rojiza, ¡sangre!, escurría por su rostro y las gotas provocaban que los insectos doblaran su cuerpo hacia los lados. Me sentí desesperado.

Todo parecía ocurrir a una velocidad espantosa, pero mi corazón se había paralizado, y ya ni siquiera sabía si seguía corriendo o no. Perturbado por el miedo, me limitaba a ver cómo las larvas masticaban el cabello de la pequeña. "¡Maldición!", chillé, y todos en la calle me voltearon a ver. Era mi final, de verdad estaba atrapado.

Los impostores se deshicieron de su muda de piel y descubrieron un laberinto de tejidos perforados con larvas que se asomaban por cada uno de los orificios. Movían sus patas como látigos, se lanzaban al suelo y dejaban rastros de una secreción nauseabunda detrás. Aquellas personas no eran cuerpos sin alma, ¡sino con muchas de ellas! ¡Las larvas los invadían para convertirlos en su propio nido!

Una risa diabólica estalló a mi alrededor: los impostores me acorralaban, estaban...

—¡Samuel! ¡¿Qué es lo que te pasa?!

Me limité a responder con tosidos en lo que me incorporaba en el sillón. Hacía un calor agobiante y el respaldo estaba bañado en sudor. Ella se pasó el antebrazo por la frente y soltó un suspiro.

—¿Cuántas pastillas te tomaste? Sabes que no debes aumentar la dosis.

—Discúlpame, creo que estoy algo confundido...

—Recuerda que es una a las nueve de la mañana y otra a las nueve de la noche.

Mientras la veía recoger de una forma tan tranquila el frasco y las pastillas del suelo, mi respiración se fue calmando. Me serví agua en un vaso y me recosté en el sillón.

—Ven acá.

Mónica se apoyó en mi pecho y cerró los ojos. Le acaricié el cuello, las orejas y después el cabello. Ella me apartó la mano con violencia y se rascó la cabeza.

Irene Liberty

Ciudad de México, 2000. Escritora de terror y de fantasía. Sus relatos han sido publicados en editoriales internacionales como Alas de Cuervo y Palabra Herida. Sus relatos «El sin cara» y «Picaporte de plata», pertenecientes a las antologías *Una sombra que me acecha* y *Enigma y travesía II*, respectivamente fueron presentados en el Fóbica Fest de 2023 y 2024. Publicó en libros como *Laberintos de la mente* (2023), *Oraciones rotas* (2024) y *Llave de misterios* (2024). También ha publicado en revistas como el número 5 de Colectivero, con «Impostores» (2025) y el número 4 de Rocambolesca, con «El razonamiento del escarabajo» (2025). Ha trabajado como editora en el área de literatura infantil y juvenil; hoy en día es traductora de francés en la Universidad TECH.

Instagram: @sirenelib

OTROS TÍTULOS
DE NUESTRO CATÁLOGO

¡SÍGUENOS Y AULLEMOS JUNTOS!

Made in the USA
Coppell, TX
12 January 2026

67253564R00111